JN050452

神様に愛されて生きる

竹内冨美子

はじめに

二十歳になったばかりの若い女性だった私が「ものづくり」の会社を創業して六十年近い歳月が流れました。

電子機器、プラスチック成型から様々なアイデア商品まで、多くの皆さんの心を打つ「感動商品」を世に送り続けてきました。

振り返れば、三人の子供を育てながらの社長業は、波瀾万丈の展開でした。

その中で気づいたことがあります。

企業経営の妙、人やお金との向き合い方、人としての努力と汗の流し方、自己肯定感の獲得法、家族や社員、なによりも製品を手にしてくださるお客様の笑顔や満足度のためになすべきこと……。

そこには、教科書があるわけでなく、すべて「私なりの独学による価値観」を掲げて乗り越えてまいりました。

様々な場面で苦しいことばかりでした。その都度「全力で、前向きに、ポジティブ思考で取り組んだ」結果として、必ず道が開けてきました。それが昭和・平成・令和の六十年近い企業家人生だったのです。

まさに、見えない大きな力に導かれ、あるいは背中を押され続けてきた気がします。私が感じたのは、自分自身が「神様に愛されて生きてきた」ということです。そう考えなければ、喜寿をすぎた今日でも経営の最前線に立つことなど不可能なことではないでしょうか。

今の日本は混迷社会・不安社会だと言われます。日々の暮らしにも、未来にも、光を見出しにくい世の中に成っています。

だからこそ、私が「見えない力」を借りて、手にしてきた様々なことについて、書き記したいと考えたのです。

仕事から私生活まで「自信が持てない」多くの人たちに「自分を信じて、自分自身の存在を肯定して、人生を切り拓く力を手にしてもらいたい」。私たちが愛する日本社会の未来に灯をともす人を、ひとりでも増やしたい。

そんな気持ちでつづったものが、本書です。

いわば「人生哲学」についての具体論を平易なタッチで表現したつもりです。

学業に、仕事に、家庭生活に悩みを抱えている方々に、必ずや参考になるエッセンスを感じ取って頂けるものだと自負しています。

なぜなら、数々の厳しい試練を乗り越えた「実例」が語る生の声なのですから。

株式会社コスモインダストリー　代表取締役社長
竹内冨美子

神様に愛されて生きる

――目　次――

第二章　成層圏から眺めれば

第三章　私のあしあと

第四章　私の子育て

第一章

幸せの波紋

一日の時間

今、一日の時間が長いです。

この感覚は「時空を超えている」という感覚ですね。時間の感覚がなくなるとでも言いますか。

「今何時だろう？　ああ、まだこんな早い時間か」

そんな思いです。

以前からこの感覚はあったのですが、最近、より一層強くなってきたと感じます。

「時間と空間はみんなが同じだ」

誰もが当たり前のように思っていますよね。「時間は平等だ」といったふうに。

でも、時間の長い短いは、各人によって大きく異なるものだと思います。

やるべきことをすべて済ませて、休憩しても、昼寝しても、すべて自分の思う通りに動いているので、

「今日は時間が足りなくて、あれとこれができなかった」

なんて不満に思うことがないです。

ひとつのことをするのに、まわりの人たちよりも短時間でこなせることも影響しているのかもしれません。

この「長く感じる時間」が、これから十年、二十年あると思うと、これは途方もなくいろんな、しかも深いことができるという予感があります。

心の問題だと思います。

会社を大きくしたいという欲でもなく、金銭欲でもない。

お金にしても「つかったら、その分入ってくるもの」「気持ち良くつかえば、その分、また必要なお金が入ってくる」循環だと思います。

窓ガラスと高速道路

たとえば、自宅の窓のガラスサッシ。

どうしても冬場が寒いので、一枚ガラスに透明のシートを貼ると良いと言われ貼って頂きましたが、寒さは防げたのですが、結果としてガッカリしてしまいました。

なぜガッカリしたかというと、それまでは、窓ガラス越しに自宅のかなり南を走る上信越自動車道路が見えたのです。

行き交う車の姿もはっきり分かります。

その光景によって、自分自身のその日の調子なども占える気分になれました。

遠くの緑と車の動き。その動きや見え方に、なんらかの意味がある。そう確信して、毎朝、窓から遠くを眺めていたわけです。それによって、毎朝毎朝、自分の心が研ぎ澄まされてきたのでした。

そんな窓ガラスに手を加えてからは、確かに保温性には富んでいたのですが、透明のシートのちょっとぼやける感じが、私の望んだイメージではありませんでした。曇りガラスのように成ってしまって。せっかく貼って頂いたのに残念です。

寒いからと、自分でガラスを替えたいと言い出したことですから、業者さんに文句を言うわけにもいきません。そんな気持ちで半年も我慢していました。

我慢しながらも、毎日イライラしていました。これが心に良いはずがありません。

「あなた、このごろ決断力が鈍くなっていませんか？」

知人からも指摘されることがありました。我慢を重ねて自分の心の透明度まで曇ってしまっていたのです。

これではいけない。

考えた末に、知人である別の業者さんに相談しました。

「サッシ全体を取り替えるのでなく、ガラスだけをペアガラスに取り替えられますよ、透明性の高いものにね」

案ずるよりも、行動すべきだったのですね。実に単純明快な答えが返ってきました。

そこで高速道路を望む南側のサッシのガラスをペアガラスに全部取り替えて頂きました。

そのかいあって、窓から眺める光景が元のものに戻ったのです。毎朝、どれだけ気分が良くなったことでしょうか。

高速道路は車の大動脈ですが、その行き交う光景を眺めることは、私自身の「心の大動脈」を左右するものだったのです。

毎朝、走る車を見て心をときめかすなんて、子供みたいと思われるかもしれませんね。

いつまでも子供のような純粋さ、若々しさを失わないことって、ひとりの人間として若さを保つ秘訣だと思うのです。

人は大人になるにしたがって、いつの間にか「子供のような純粋な感性」を失ってしまいます。

物分かりが良くなるのは、ひとつの成長で良いと思いますが、子供のような行動もまた「純粋さ」からかもしれません。それは本能的な行動ですし、ワクワクしながら見ている私なりの朝のスタートが、毎朝高速道路を眺めることです。

朝起きて、定位置に座ってじっと遠くの高速道路を眺めます。

「今朝は車が多い。経済も活発になってきているのかな」

そんなふうに心身の目覚めのスイッチを押していくのです。

あと二パーセントの壁

成功のカギを握るのは、「頑張り」という名の努力全体のうちの、最後の数パーセントをやりきれるかどうかということです。

誰もが、成功に向かって努力します。必死に走ります。自己判断すれば「百パーセント努力した」という思いに至ります。

ところが、百パーセントなんてことは、ほとんどないです。客観的な百パーセントに行きつくまで、あと二〜三パーセント。そんな最後の最後のところで、九七〜九八パーセントなのに「百パーセントやりきった」という自己満足にひたってしまうのです。

努力の余地は無限に広がっているものです。

目の前の山なら、ひたすら登れば、山頂にたどりつくことは可能です。

努力というものに「ここまで登れば百パーセント」などという頂上など、いったいどこにあるのか、自分の目で見た人などいるはずがありません。

実際、九十八パーセントのレベルまでくることは大変です。そのレベルには少なからず人は到達できるのです。あと二パーセント。これが分厚い壁として立ちはだかるのです。この壁を破るには、これまで注いでいた汗と同じ分量、あるいはそれ以上の労力が必要かもしれません。

それを打ち破れないため、成功をつかめる人は数少ないのです。最後の壁の前で「もうだめ」とあきらめてしまう人があまりにも多いのです。それは限界ではなく、「このへんで、楽をしたい」という思いが勝るからです。「楽をしたい」では格好が悪いから「限界まで死力を尽くした」と考えようとする。一種の言い訳。

これではゴールにたどりつけません。自分を信じることです。一人の人間に備わった可能性を信じて、あきらめないことです。安易に妥協してはいけないのです。

「あと二パーセントの壁」

これを打ち破るかどうかで、結果はまったく違ったものになるのですから。

我慢してはいけない

「人に迷惑をかけない限り、思ったことはなんでもしないと、自分がだめになる」

私は、そんな価値観で生きてきました。

先程の自宅の窓の話でも、ガラスに透明のシートを貼ったのに、またペアガラスに取り替えるのですから、「費用も二重」までにはなりませんが、それなりにお金もかかります。

我慢したまま半年がすぎて、他人が見ても「決断力が鈍くなっている」ように見えたのです。これでは、仕事にも、私生活にも支障が出ます。

だったら、余計な費用がかかっても、状況を改善させた方が良いのです。

そのためにお金をつかうのは良いことで、環境が改善され、気持ちの良いお金が動きます。

私は、自分の体験から「出せば入る」を確信しています。

必要なお金はつかうしかないのです。つかっただけ、その支出を補って余りあるものが必ず返ってきます。

私は、自信を持って言うことができます。

私にとって、この我慢は、ものすごい負担です。

「いい気分のオーラ」みたいなものが全身を包むと、私自身の感性も研ぎ澄まされます。

自分自身で「これが必要、これは買いたい」と思った物は、必ず買ってきました。そうやってお金をつかうと、その後に必ず戻ってきました。

品物を見て、「買いたい」「私に必要なものだ」という気になったら、迷うことなく買ってきました。

悩んでいるくらいなら「買う」という行動に出ることです。その考え方が、仕事を進める上でも大きなエネルギーになっています。

しかも「気持ち良く払う」、その感覚、気持ちが大切です。

私が物を買うことは「浪費」ではありません。それを我慢することは、人生のマイナスだと思います。

いちいち悩まない。つかったお金は、お金の方から喜んで返ってくるものと思っています。

つまり、必要な支出をすると、その後、必ず仕事が忙しくなるという展開になりました。

不思議なことに、そうやって生活すると、お金は減らない。お金が循環していくのです。

目標に向かって楽しく気分良く働くと、「天」なのか「神様」なのか、自分を超えた存在が、私の努力を認めてくれてご褒美を与えてくれるのです。感謝です。

お金は循環する

困ったときも、損得を考えないことが大切です。

「このお金をつかったら、減っていくだけだ」

確かに、お金はつかえば減るに決まっています。

「減る」って思い始めたら、百パーセント、百二十パーセント「財産が減る」という自己暗示をかけてしまっています。

考え方を変えましょう。

お金をつかえば、その分、仕事が入ってきます。

私は常にそんな体験を繰り返してきたのですから。

お金をつかうということは大変なことですし、決断もいります。

そこで「お金が減る」とマイナスの自己暗示をかけるか、「必要だからつかう」とプラスの考え方を明確にするか。


そこには天地ほどの開きがあるじゃないですか。

私は「必要なときにつかう」と常に言っています。そう実践してきました。


私と会った人たちは、「以前より仕事が増えた」と口にします。

それは、私が魔法使いであるわけではありません。その人たちがプラス思考を強く掲げて、仕事に頑張った報酬なのです。単純に楽天的な考えをしているのではありません。

「お金はつかえば、循環する」

そう考えれば、その目標に向かって細かな戦略を立てます。

その戦略推進の投資としてお金をつかい、成果を手にするのです。それによって、また新たな戦略を練って……、という好循環となります。

「お金はつかえば減る」

それに固執する人は、今あるお金を守ることに汲々とします。前向きな戦略も立てないまま、ひたすら「現状維持」の道を走ります。

この厳しい社会で、「現状維持」を目指せば、おのずと縮小してしまいます。お金なんか入ってこないし、かえって減る一方という悪循環をたどることになります。

年齢不詳

私って「年齢不詳」って言われます。実年齢を明かすと、「ええ？　お若いです」の声が返ってきます。

若々しさへの褒め言葉と受け止めています。「存在感」が旺盛だって言ってくれる人もいます。人間の存在感って、言葉じゃないですからね。

駐車場で、車を止める場所に困ったこともありません。駐車しようと思って空きスペースを探していると、必ず係員やその他の人が、「こちらが空いています、どうぞ」と誘導してくれます。

思った通りの展開になります。

つまり、強く思う、念じている。頭の中がそうなると、希望通りの展開になります。

「念ずれば、花開く」という有名な格言ではないですが、その通りになります。

もちろん、「念じる」だけでは、結果はついてきません。「念じて」、その実現に向けた方法と思いを膨らませます。それに基づいた行動を取ること。この実践力こそが、幸せを運んでくれるのです。

会社の製品として、パワーストーンによるお守り『コスモパワー』を開発したことがあります。平成七年のことでした。これを信じて身につけていると、みなさんも幸運に成れます。不思議ですよねえ。やる気がわいてきて、それによって仕事もプライベートも大変身するのです。

干支ごとの八尊仏や梵字を刻み込んでいます。文字にも大きな力があることは、言うまでもないです。

開発した頃、私の会社が振り出した手形が四千万円を超えていました。これをなんとかしなくてはならないという危機感がありましたが、四年九ヶ月で手形問題はきれいになってしまったのです。そういう不思議な力を秘めているのです。

経済的な健康も、身体の健康も取り戻していきました。

複雑骨折した人が、このコスモパワーをギプスに入れていたら、きれいに骨がくっついたこともありました。複雑骨折は治るにしても、うまく骨がくっつかなかったり、後々痛みが出たりと、苦しいものですから、その人は大喜びでした。

コスモパワーがもう少しででき上がる頃「できたらあげるわ」とただの品物をプレゼントするかのように口をきいた私でした。

わずか十分もたたずに、口に異変です。口がモズモズし始めたのです。鏡を見たら、少し腫れてきたので、すぐに家に帰りました。家に帰り再度鏡を見ましたら「口が腫れて曲がっている」状態です。

パワーストーンが私の想像を超えた力で、私自身に教えを与えたのでした。

私は即パワーストーンに謝り、口の曲がりも無事に解決しました。

自分の心の気楽さが招いたゆえの反省です。

「これからはコスモパワーの力を信じて最高のものに作り上げましょう」と誓った私でした。

再出発した人

勤め先を変えたものの、仕事内容は同じという人がきました。

「勤め先を変えて不安だったのですが、なんでこんなに調子良く営業ができているのか不思議なのです」

こんなふうに笑顔で話します。

「社長とお話しして帰るお陰かな。エネルギーをもらえるから」

この人が私に感謝してくれるのです。

「コスモパワーの力も大きいですよね」

この人は、私から買ったパワーストーン『コスモパワー』を常に持ち歩いています。お客様を訪問するときには、そこへ入る前に必ずコスモパワーを握りしめるといいます。

そうすると、不思議と商品説明にも力が入って、思った以上に営業の話が進むのだそうです。

「コスモパワーの力を実感する毎日です」

そんな話をして、「次の営業先に行きますから」とあわただしく帰って行きます。

「今日も、パワーをもらえました。ありがとうございました」

その人の笑顔に、私も思わず「私の方こそ、あなたの笑顔からパワーをもらった気分よ。ありがとう」の言葉を贈ります。

まさに、「幸せの波紋」です。

不思議な力

「自分はみんなと違うのでは」

そう思い始めてきたのは、かなり以前のことです。

それまではみんなと同じだと思っていました。考え方や発想が明らかに違うと思うのです。通っているお店などでも、私が行くと、決まって急に忙しくなるのです。不思議ですねえ。
私のどこにそんな力があるのかと思います。

生まれて一歳半のときに、私の体がぐったりと成ってしまい、お医者様から助からないと言われたほどの大病に成り、家族が大騒ぎしたのだそうです。
抗生物質などが出始めた時代で、良い薬も医療体制も今日のように整ってはいない時代です。

病院では匙を投げられてしまい、両親は大慌てで母の兄（薬屋）の元に私を連れて行き、従弟（インターンの卵）も居てくれて、そこで治療していただいた抗生物質のペニシリンで私は助かったという実話もあります。

部屋を蒸気で温かくして抗生物質のペニシリンで助けられたようです。

病名は無熱性肺炎ではないかと言われたそうです。

病院で匙を投げられた小さな私を、両親は諦めずに母の兄の元に私をお願いし奇跡のように命を助けて頂きました。

そのときに、何か大きな不思議な力の種が備わったのではないかと思うのですね。

そこから人間としての経験を積む中で、芽が出て葉となり枝や幹に育っていった。そして花開いた。

そんな気がするのです。

だって、それ以降、大きな病気もなく健康そのもの。他人から見れば「激動だ」としか言いようのない、いろんな苦難も乗り越えて、今日まで元気いっぱい生きてこられたのですから。

私って、仕事のオンとオフのときが極端に違うのです。

オフの日なんて、ほとんど「寝っぱなし」状態です。

日頃、血圧は普通ですが、オフは一段と低くなるのです。床からなかなか抜け出せずに、起き出して食事してテレビを眺めて。そのうちにまた眠くなって眠る。そんなオフの過ごし方です。

これが私流の「充電」のようです。

それで長い間健康を保ってきたのですから、私には最適の充電方法なのだと思っています。

休日は無理をしないことです。仕事や社会奉仕などで良く動きますので休めるときには、気楽に休ませて頂きます。

アファメーション

自分自身の希望や夢を、言葉にして宣言すれば、それが叶うものです。

イメージすることが大切で、その通りの展開になるのです。

アファメーション（自己宣言、自己肯定）の力です。

私と係った人は必ず幸せに成る。
私と係った人は必ず健康に成る。
私は億万長者に成れる。
私にはお金が付いてくる。

そんなふうに明確に宣言することで、自分自身が高められるのです。目標に向かって歩んでいけるのが人間です。

そうやって、自分の目標を明確にさせることが、進歩につながります。

逆の場合があります。

他人を憎んだって、妬んだって仕方がないことです。いつも「他人を憎む」人は、その「憎む」という行為を自ら選んで実践しているのです。

いつも「他人を妬む」人は、その「妬む」という行為を自ら選んだ末に実践しているのです。

人間はみんな善人です。なのに、他人を悪く思う人が多すぎます。それは自分を高める道を、自らふさいでいることに気づかなければなりません。

「お金がない、ない。困ったものだ」

いつもそう言っている人がいます。「お金がない」と言い続けることで、その人は「お金がない」ことを選んでいるのです。だから、そう言っている限り、お金の方からは寄ってきてくれません。これは「マイナスの自己宣言」とでも言うべきことでしょう。

「もう年だし、私には何もできそうになくて……」

年配の知人たちでこんな言い方をする人が多いです。そんなとき、私は言います。

「あなたはできない理由を探しては、言い訳の材料にしているじゃないの。それじゃだめよ。楽しくしましょう」

人間は棺に入るその瞬間まで、前向きでアクティブでなければなりません。

年齢を「逃げ口上」につかうなんて、もってのほかです。つまらないでしょう。

「年齢だ」とか「家族の世話で忙しくて」といった言い訳をして、自分の成長の芽を自ら摘んでいるのですから。そういう人は、仮に若くたって何もできません。若い頃は若い頃で「忙しくて、できそうになくて……」なんて、やっぱり逃げ口上に終始してしまうに違いないのです。

「年だから……」と逃げ口上に走る人ほど、若い頃から目標を設定できない人だと思うのです。もっと楽しいことを見つけましょう。

お客様の喜ぶ顔

電子機器部品など、ものづくりに励む私ですが、製品を納品する取引先の企業の方々の顔は見えますが、それを市場で買う消費者おひとりおひとりの顔は、なかなか見る機会がありません。そこが製品の販売業とは違う点です。

ですから、ともすれば「自分たちが一生懸命に部品を作れば、誰もが便利だし、喜んでもらえる」と考えがちですね。

それだけで十分でしょうか。

お客様は私たちの気づかないところで、何か製品への不満や悩みがあるのでは。そんな考えも大切です。

私のパソコンが故障して、運送屋さんが日曜日に集荷して、メーカーさんが修理・クリーニングして水曜日に戻ってきました。素早い対応と、送料まで持ってくださる配慮。そんなメーカーさんに、戻ってきたパソコンに、私は思わず拍手してしまいました。

パソコンの指導をしてくださる先生に連絡して、すぐに使えるようにして頂きました。

こうした丁寧で親切な対応はありがたい限りです。そして素晴らしい対応に出会うと「私たち自身は仕事で、誠心誠意お客様に喜んで頂ける対応をしているかどうか」と反省するのです。

直接の消費者の顔を見ないからこそ、やらなくてはならないことがある。取らねばならない姿勢がある。

日頃忘れがちなことを教えてくれる「先生」は、実は日常の中にたくさんいるのです。

片手で働いて、片手で社会奉仕を

「片手で働いて、片手で社会に奉仕しなさい」

これは娘が子供の頃、通っていたピアノ教室の先生の言葉です。

この先生は、ピアノを習いにくる子供たちに、靴の揃え方から始まる「しつけ」を優先させました。技術も大切ですが、人間の生き方を大切に心掛ける「心構え」を優先させる人でした。

　その心構えができていないうちは、レッスンしないのです。

　子供たちだけじゃありません。送り迎えする私たち親への教育にも熱心でした。みんな二十代から三十代の若い母親ですから、そこにも「しつけ」が必要だという哲学です。

　そんな先生の言葉で、今も印象に残るのが「片手で働いて、片手で社会に奉仕しなさい」という教えでした。

　言うまでもなく、人間は一人では生きられません。家族、職場の仲間、地域の人たち、友人知人、そして顔さえ知らぬ多くの人々……。数えきれない人たちと支え合いながら生きているのが人間社会です。

　自分一人とか、自分の家族だけの幸せを考えるだけでは、とてもとても足りないのです。

　仕事を一生懸命にこなすことは当然ですが、その一方で、社会に尽くす活動をしましょう。そうやって社会全体で豊かに幸せに暮らしていかなければならないのです。

　ともすれば、私たちはそんな「人としての基本」を忘れてしまいがちです。

「そんな余裕なんてないです」

　逃げ口上を口にしがちです。みんなが豊かにならなければ、自分一人が豊かになったって、真の幸せにはつながりません。

まだ若かった私には、心に強く響く言葉でした。

その後、今日まで会社の経営に当たる一方で、様々な地域活動、奉仕活動を続けてきたのは、その教えのお陰です。

身近な活動から、コンサートを開催したり、講演会を開催したり。そういった社会的なイベントを開催するときの、実行委員会側の負担って大変じゃないですか。

別にお金が儲かるものでもありませんが、時間と手間だけはかなりかかります。

ときには「身銭を切って」っていうことだってあります。

人間関係だって、いつもなめらかなままということでもありませんよね。同じ「社会奉仕」という目的を掲げて走っているのに、それぞれの考え方の違いから対立したりすることもあります。

誰かが私を妬んだり、やっかんだりすることさえあります。

悲しくなります。社会のために取り組んでいるのに、やっかまれたりするのは。

そんなときは、こう考えます。

「人からやっかまれるってことは、私の心のどこかに『思い上がり』がなかっただろうか。まだまだ私の人間としての修行が足りないのかもしれない」

こちらに悪気がなくたって、相手が気分を害することがあります。私が右隣の人を向いて話しかけたら、左隣の人には背中やお尻を向けることになります。仕方のないことには違いありません。誰にも悪気はないのです。

背を向けられた人の中には、「冷たくされた」と気分を害する人がいるかもしれません。そういった細かなことへの「深い思いやり」が、はたして自分にあっただろうか。そういう反省・自戒を繰り返すことは、人間としての自分を高める「修行」になるのではないでしょうか。

ともかく、仕事を離れた社会活動に取り組んで、その喜びを手にするとともに、いろんな苦労をすることで、「地域のみんなの役に立っている」ということを実感できます。

その「目に見えない収穫」が最大の意義なのです。

そうすることで、「自分の幸せと、社会の幸せ」について子供たちをはじめ、いろんな方々に伝え続けてきたのです。

自己流の底力

私はすべて自己流です。健康づくりも、子育ても。教科書やお手本があったわけではありません。どんな有名な方法でも、始めた人は自己流・独学でしょう。最初の最初は。それが長い歴史の中で、実証されたり補強されたりして、「定説」として確立することになるわけです。

他人のまねより、自分が「こうだ！」と思った方法を決め、自分の考えを信じて突き進んでいく方が、よっぽど気分がいいでしょう？　いろんな意見や情報を分析して、考えたりもしますが、やっぱり優先すべきは「自己流」ではないでしょうか。

日本って、そのあたりのことが軽視されているような気がします。子供が学校に入れば「クラスのみなさん並みに」。社会に出ても、自己流を発揮すると「異端者扱い」されて、煙たがられる。やはり「みなさん並み」が好まれます。地域社会でも同じこと。独自の意見を言う人は、避けられがちです。

「『みなさん並み』とか『無難に』というスタンスの方が、生きていくうえで得でしょうし、楽でしょう」

世間は当たり前のように言います。それで本当にみんな幸せなのでしょうか。人の真似ばかりして、教科書の通りに生きて、苦しくないでしょうか。

私は強く思います。

「人生なんて、損得ではかる問題じゃないでしょう」

もっと自分を強くアピールする勇気を大切にしてほしいと思います。

みなさん並みから抜け出るには、勇気が必要です。私は、その勇気の大切さを自分の子供たちに説いてきたつもりです。地域の人にも同様です。

みんなが「金太郎飴」みたいな世の中では、面白味がありません。それよりも、みんながそれぞれの考えと方法で人生を切り拓いていく、つまり「ルールのある自己流」が尊重される世の中になったら、もっと楽しい世の中になると思うのですが。

直球と変化球

私の会社の仕事は製造業、つまり「ものづくり」です。

金属の棒を切ったり、ネジを作ったり、穴を開けたり、プラスチックを成型したり、加工したり、検査したり……。

扱っている素材である金属そのもののように「硬い仕事」を、高校を卒業以来飽きもしないで、いえいえ、もっと前向きに「これしかない」と信じて続けてきたのです。

「無理なく、普通に、自分らしく」

そんなスタンスで暮らしているのですが、人から見ると「一生懸命に、しかも、ひたすら直球を投げている」っていう感じだそうです。

自分では、直球を投げる一方で、ファジーだったり、明るかったり、怒ったりしながら、どんなボールでも投げているつもりですが。

相手を空振りさせるような変化球は無理な自分です。

これから先も、「いつも直球しか投げない。不器用な人だね」なんて言われながら生きていくのかもしれません。

第二章

成層圏から眺めれば

成層圏にいたら

私だって、人間とのつき合いがおっくうになることも、あるにはあります。

「私は今、成層圏に浮かんでいるのかな」

そんな想いに駆られることがよくあります。

「地上の人間社会のゴタゴタなど関係ない気分になってみたい」


それくらい「自由」な気分になりたいということです。


成層圏っていえば、宇宙旅行というものも、「宇宙飛行士だけの特権」ではなくなってきているじゃないですか。数千万円ものお金がかかりますが、一般人でも宇宙に飛び出せる企画が商品化されています。

先日も、友人とプラネタリウムに行く機会がありました。

みんなは星の世界の魅力にひたっていたようですが、私は俄然、宇宙旅行に行きたいと思いました。

物事を見る目はけっこう「醒めている」かもしれません。だから私は冷静に、具体的に言います。

それは、二十歳を過ぎてからというもの、いろんな苦労を重ねてきて、それをひとつひとつ乗り越えてきたから、ある意味「恐れるものなどない」といった心境になれているのではないかと思います。

一歩離れた「成層圏」から見つめているような感覚ですね。

物事の大局が見えていると言いますか。

あまり「ズバッと直球を投げる」ものですから、言われた相手は戸惑ってしまうかもしれません。

ポジティブ思考

大変な不景気で「仕事がない」と苦しむ人。「会社の資金繰りが大変で」と悩む人、長期不況に苦しんでいる人ばかりです。そんなとき、私はいつも言います。

「大丈夫。なんとかなるから」

私はすべて前向きの「ポジティブ思考」なんです。なぜ、そうなれるかって？

私はそうやって幾多の荒波を乗り越えてきたのですから。その経験からくる「大丈夫。なんとかなるから」です。

大災害が各地で起きています。

その災害自体は不幸なことに間違いありません。同時にそれによって、日本中の人が「人と人との絆」の大切さを思い出しています。かつての日本社会にあった絆を取り戻そうと懸命に走っています。

経済的な面で見れば、生活基盤整備のための復興需要というものもあります。社会を立て直すには、投資が必要になります。そのあたりを冷静に考えれば、言うまでもなく「ピンチはチャンス」なんですね。

何事も悲観して「ネガティブ思考」を続けていたって、誰かが何から何まで助けてくれるものではないでしょう？　日本には最低限の社会保障制度はありますよ。苦しい境遇から立ち直るのに必要なものは、自分自身の前向きな姿勢しかないわけです。

自分の人生じゃないですか。自分の力で切り拓かないで、誰が拓いてくれるっていうのでしょうか。

難しいことを考えたって、人間ひとりの力なんてちっぽけなもの。「とにかく前向きに走れば、展望が開けてくる」の信念だけはなくさないことです。

もちろん、ただボーっとしたまま「なんとかなる」ってことではないのです。

自分の経営上のことであれば、あらゆる点を検討し、ときには力を借りたうえで、基本スタンスとしては「必ずなんとかなるさ」という思いを掲げながら前に進むわけです。

純粋さと誠実さ

「純粋さ」と「誠実さ」。これは人としてなくしてはならない要素です。人生を切り拓くために、現実問題への対応に走りすぎて、多くの人が純粋さと誠実さを失っていくような気がします。

それじゃいけないと思うのです。

私の場合はある意味、子供みたいな性格かもしれません。

自分が思った通りのことを言い、思った通りの行動をしていると、会社の仕事も活性化する気がします。人間のエネルギーってそういうものではないでしょうか。

私のまわりにも、いろんな勉強会などに参加しているのに「学んでいることが、なかなか身につかなくて」と悩む人がいます。

「それはね。あなたが表面を取り繕っているからです。『これだけ勉強しても、身につかないのは恥ずかしい。仕事の業績に反映されなかったら、評判が悪くなるし……』なんて考えて。

そんな余計な殻を打ち破って『本音』で向き合えば、純粋に自分をさらけ出せば、おのずと良い方向に進むものです」

私は、本音を口にします。「打算」とかいった邪念もありません。人と向き合うとき、百パーセント相手のことを思っているから、私は本音で言うのです。その場では「私自身のメリット」なんて考えていないのです。ひたすら「相手にもっともっと幸せになってほしい」と願って、純粋に、誠実に、本音で向き合います。

それが目の前の相手の心に響くのではないでしょうか。

魂からの純粋さと誠実さ。魂から発せられる言葉こそが、人の心を揺さぶると思うのです。

若い頃は、「自分は他人の二倍も三倍も働いている」というプライドを掲げて突っ走ってきました。それはそれで、青年期には大切なことです。

「他人の二倍も、三倍も」の言葉の裏には、やはり自分本位の考え方が存在しています。

社会人として長い経験を積むと、そのあたりのことが分かってきます。

自分ががむしゃらに走るのは勝手ですが、その自分だけの論理を世間に押しつけたって、誰もが受け入れてくれるはずもありません。

「そんなこと言われたって、私はスーパーマンじゃないんです」

そんなふうに及び腰になる人の方が多いかもしれませんね。これは人としての防衛本能と言ったらいいでしょうか。

私は「人の二倍、三倍働きなさい！」なんて押しつけはしません。その人、その人の様々な価値観・能力の中で、自分に合う形での「純粋さ」と「誠実さ」を発揮しましょうと、アドバイスするわけです。

人が体に痛みを感じる。それはどこかに悪いところがあるという信号でしょう。

最近私は思うのです。痛みを感じるということは、肉体的にどこかが悪いという知らせ以上に、自分の「心」に何か問題が起きているという知らせじゃないかって。

病気の温床は

「病は気から」

先人はいいことを言いましたよ。気の持ちようで、病気にもなれば、病気が逃げて行ったりもします。

豊富すぎる情報に右往左往して、本来かかえるべきでないストレスをかかえる。これこそが「病気の温床」なんですよ。

現代人だからこそ、もっと健康の基本に立ち返って、シンプルに生きなければならないのです。

「一日に三十品目の食品を摂ることが、健康に欠かせない」

それはそれで、摂れればいいのかもしれませんが、三十品目の一部が欠けたとしても、それですぐに病気に成るってものではないのです。

人は、自分が必要としている物が体で分かるのです。

「肉が食べたい」「魚が食べたい」「青菜が食べたい」

よくそう思いますよね。

それは、自分の脳が「食品の好み」情報を発信しているのではありません。

「今の自分の体には、何と何が不足しているから摂取しなさい」

という信号を送っているのです。

その信号が、具体的に「何を食べたい」という意思の形で具体化されるので食べたいものを食べる。もちろん、暴飲暴食はいけません。体が欲している物を、必要な分量だけ食べることは大切です。

逆に食欲がないときは、無理して食べない。こうやって、人間という種族は長い年月、命を保ってきたわけです。

お腹いっぱい食べたいっていう気分のときってあるでしょう?
それは体が欲しているのですから、お腹いっぱい食べればいいのです。
そんなとき、こう言う人がいます。

「ああ、お腹いっぱい食べちゃった。これじゃあ、太るわ」
お腹いっぱい食べたから太るのではないのです。「自分は太る」っていう自己暗示をかけているからこそ太るのです。

たまにお腹いっぱい食べたからって、別の日は小食にするよう、体が信号を送ってきます。太る人は、その信号を無視して、またまたお腹いっぱい食べてしまうのです。これでは、自分で体を壊しているようなものですね。

お腹いっぱい食べたって、「太るかも」なんてくよくよせずに、「こんなおいしい物をたくさん食べて、私はなんて幸せでしょう」というふうに考えれば、体中が活性化されて、食べたものをきちんと消化してくれますから、太る方向になんかいきません。

「食事の時間がきたから、お腹がすいていないけど何か食べなくては」
これも体が発する信号を無視しています。お腹がすかないということは、体が「今は食べるな」と指示しているのです。こうした信号を正確にとらえればいいわけです。

犬や猫を見てみましょう。調子の悪いときは、何も食べません。じっとしています。野草を食べたりしています。野草の効能を本能的に分かっているのでしょう。そして、元気になるとまたいろいろ食べます。

「人と犬や猫を同列に考えるなんて……」

いえいえ、共に命ある者同士として、共通点は少なくないのです。複雑にすぎる情報にまどわされるのではなく、もっとシンプルに構えることです。

そうすると、真の健康づくりには何が必要か、はっきりと見えてくるのではないですか。

体重は毎日はかる

毎日、必ず体重計に乗ることも、きちんとした自己管理の意味では欠かせません。

私は二十代から今日まで、毎朝着替える前に体重をはかっています。多少の増減があるのは、人間ですから自然なことです。それに一喜一憂しないことが大切です。

前の晩にたくさん食べると、翌朝はたしかに何百グラムかは増えていることがあります。かといって、一晩で何キロも増えるなんてことがあるはずもなし。

心配しないことです。

それに、前の日にたくさん食べて、体重がちょっぴり増えたかなと感じた日は、自然と「今日は粗食にしよう」という気分になるものです。その意味で体重計に毎朝乗ることは大切です。

体重計に乗ることが「一ケ月に一回」とか「ごくたまに」という人は、けっこう多いものです。たまにはかって、三〜四キロも増えていたら、それを戻す労力は相当なものですよ。「昨日より三百グラム増えた」ってことなら、戻せるじゃないですか。

そのための毎日の体重管理なんです。

そうやって、私は今日まで体型と健康を保ってきました。

多くの人から、実際の年齢よりも若いと言われます。多少はお世辞の部分もあるでしょうが、年より若く見えない人に「若く見えますね」とは世間も言いません。

「若く見える」という言葉を、自分の健康管理を進めるためのエネルギーにしているのです。

いつまでも若く健康でありたい。誰にも共通する願いです。それは「シンプルな考え方」と「継続的な自己管理」によって実現するのです。

運動ですか？　なかなか毎日毎日運動する時間って取りにくいものですね。私も五十代のときに水泳を始めたことがありましたが、忙しさにかまけて長続きしないのです。

私は入浴の際に、トレーニングをすることにしました。入浴なら毎日ですから、浴槽につかって、両足で自転車をこぐように運動を続けたのです。

三十回以上伸ばしたり、引いたりをします。これって、足だけではなく、全身運動になるのです。これは長続きしました。

今の私の健康は、ストレスのない食事と、この入浴の際の運動の成果ではないかと思います。

なにより、健康な体型を保たなければ、おしゃれできないでしょう。

女性にとってはもちろん、男性にとっても「いくつになってもおしゃれしたい」という願望がありますよね。その欲求って大切です。それが心身の健康への一大動機になるのですから。

食器洗浄機は要らない

新しい物好きの私ですが、食器洗浄機は要らないです。食事の際に自分で使った食器くらい自分で手洗いした方がいいじゃないですか。

自動洗浄機は「手抜き」に思えるのですね。

それに食器洗浄機って、平たい皿が中心の洋食器には便利かもしれませんが、深い鉢や丼、変形のお皿など和食器には不向きですよね。平たくないから、一度に多くは入らないし。

炊飯器も、電気の場合は所詮「加熱」です。やはりしっかりした「炎」で炊かなければ、ご飯はおいしくありません。ずっとガス炊飯器を使っています。

エプロンは使わないですね。

しゃれた服のときでも、エプロンをつけずに炒め物、揚げ物もしますよ。私のヒレカツってみんなに評判がいいです。

食器を洗っても水なんか飛びません。

鍋やフライパンなんかも、料理をお皿に盛りつけたら、そのまますぐに洗ってしまって。そうすれば、洗い物が残ってうんざりすることもないですからね。

家庭料理は構えちゃいけません。「さあ、エプロンをつけて、材料を並べて、切って……」と構えるから余計な時間もかかるし、気分的に負担になるのです。

世の中の主婦が料理しなくなったでしょう？

私なんか会社の仕事の合間の二十〜三十分でパッパッパと作らなくてはならないから、余計な時間をかけたくないです。それには構えないことね。

その「構えない」の第一歩が、エプロンをつけないことです。時間がないのだから、集中力が肝心。これは仕事も台所も同じことですね。手際が良くないと、仕事だってできないと思うのです。

時間が解決する

時間というものは、不思議な生き物だと思います。

悩み事を抱えこんだり、悲しんだり、不安になったりしたとき、ともすれば、私たちは真っ暗な気持ちの中で、そこから抜け出る道を真剣に考えます。

真っ暗な気持ちで悩み事が解決するはずがないのです。

気持ちが真っ暗なときは、寝られるだけ寝てしまうことです。休めるだけ休んでしまうことです。

あるいは体を動かして、働くだけで良いのです。疲れて動けなくなるまで働くのです。

気分が真っ暗なときは、何も考えないことが最良の策です。

そうやって、「時」がくるまで時間を稼ぐのです。

時がたてば、事態は必ず変化します。

自然の中では、雨の日、曇りの日、晴れの日があるじゃないですか。猛吹雪や暴風雨の日だってあります。

誰の心も、時間がたてば必ず変化します。真っ暗な雲が流れ去って青空が見えてくるものです。

明るく、周囲を信じて感謝して生きるか、暗くていつでも他人を批判したり妬んだりする生き方をするか。

それが何十年と続くのですから、その差はあまりにも大きいと思いませんか。

薄皮をはぐように

誰の話を聞いても、どんな内容の教えを受けても、「自分が一番正しい」「自分が一番の常識人だ」と自分本位に終始する人がいます。

人間ですからマイペースは大切ですが、相手の話に耳を貸さないのなら、わざわざ聞きにこなければいいのにと思います。

こんな人って意外に多いものです。

「自分には社会人としてこれだけの実績がある」

「私は誰にも負けない」

ベテラン企業マンの自信は相当なもので、「セミナーでは、話を聞いて『あげる』」くらいの態度の人もいます。

もったいないですね。せっかくセミナーや講演会などで、お金を払って、時間をさいて出席しているのに、「いろんな人の話の中には、何か収穫があるはずだ」という謙虚な姿勢になれない人が多いなんて。

反対のこともありました。

日頃は「俺が、俺が」と自分を押し出すタイプの人が、あるセミナーで講師の体験談を聞いて、態度が一変したのです。よほどその人の琴線に触れる話だったのでしょう。

「私は今まで、会の役員のみなさんのことを勘違いしていました。みんなに大変な迷惑をかけていました。申し訳なかった」

そう言いながら、役員十人ほどの前で、大の男が頭を深々と下げて謝罪したのです。

謝られたみなさんは、驚いて、目をパチクリ。わが耳を疑うといった面持ちでした。

どんなに頑固な人であっても、良い話を聞き、良いエネルギーに触れることができる場所では、自分を変革できるのですね。

やっぱり、人間って純粋で誠実な生き物なのです。

私は、この展開を見て、ワクワクする自分を抑えられませんでした。

逃げる

仕事から逃げる。家庭から逃げる。病気の治療から逃げる。親から逃げる。子供から逃げる。責任から逃げる。

世の中には、なんと多くの「逃げ」があることでしょう。

人はなぜ逃げるのか、考えたことがありますか？

それは、逃げる方が「攻める」「耐える」よりも格段に楽だからです。だから、多くの人が難題を前に逃亡を図るのです。

逃げるための理由をつけて、ときには責任を誰かに転嫁して、さらには脅したりして、逃げるのです。

逃げる一番の動機は「自己防衛」です。困ったことに、自分が逃げていることに気がつかない人さえいます。

逃げてばかりいて良いのでしょうか。厚い壁があるなら、それを破ろうとすることで初めて、自分に力が出てきます。

ひとりの力だけでは破れないような壁を前にしても、逃げなければ「共に力を合わせてこの壁を破ろう」という同志が出てくるものです。

自分も頑張り、人も頑張る。共に力を合わせる。

そうやって、私たちの社会は発展してきたのです。

物事から逃げたり、根拠もなく高望みしたり、うまくいっている人を妬んだり……。人はとかく、そうしがちですよね。

そんなことをしても、自分自身が幸せになんかなれません。

ひとりひとりが、もっと謙虚になり、原点に戻って、冷静に自分や周囲を見つめれば、おのずとやるべきこと、直すべき自分が見えてきます。

自分の原点、つまり「ゼロ地点」を正確に把握すれば、あとは這い上がるだけではないですか。

わき目もふらずに登るだけなのです。実績を上げた多くの先人も、みんなそうやって這い上がったのです。

逃げないで、きちんと前を、そして上を見てみましょう。空の青さや山の緑のなんと美しいことでしょう。それをめがけて登ることは、苦痛ではなく感謝と楽しみに変わっていきます。

逃げるも逃げないも、あなたの自由です。

その自由には「責任」がついてまわります。その責任からは、誰だって逃れようがないのです。

それでも、逃げるのですか？

見栄を捨てる

人の生き方は千差万別です。

自分を見失わない生き方が素晴らしいと思います。

人間って、どうしても自分を見失ってしまいがちじゃないですか。

仕事が順調に進まないとき。家庭がギクシャクしているとき。友達と仲違いしたとき。そんなこんなで心が不安定のときは、自分を取り繕おうとするあまり、ついつい見栄を張ってしまいがちです。

もちろん、人生には「必要な見栄」もあります。「武士は食わねど、高楊枝」が必要なときだってあります。

見栄を張ってその場しのぎのことをしたとしても、本質の解決にはなりません。
無駄な見栄張りは、結果としてその人の信用を失墜させたり、苦しい状況に追い込んだりしがちです。

苦しくて、苦しくて、泣きたいと思ったときには泣けばいいじゃないですか。
泣きたいだけ泣けば、何かが見えてくるものです。素直な自分に戻れます。
素直になって、今一度踏ん張ってみましょう。

必ず未来が開けてきます。自分を信じて、ときには自分で自分をほめてあげましょう。
無駄な見栄を張らずに、素直で楽しい自分になれたら、最高ですね。

受け流す

久しぶりに顔を見せた知人は、憤慨した顔つきでした。

ある人のことで気分を害したようで、その腹立たしさを私に言うことで、憂さ晴らしになるという気分でしょうか。

お金の貸し借り、ご近所づき合い……、人に頼らず自分で解決しましょうよ。

別の知人は「ある人にいろんな話をするのですが、あの人は何も理解してくれないです」と、イライラしながら話してくれました。

「親しい間柄なのに、私の言うことに誠実に答えてくれないのですよ」

言えば言うほど、腹立たしさが増してくるのでしょう。知人の口調はエスカレートするばかりです。

「相手の態度がそっけないことに気を病むよりも、軽く受け流したら？」

私はこう言いました。

「あなたの言うことを、その人が理解できないのなら、腹を立てても文句を言っても仕方ないじゃないの。腹を立てるだけ、あなたが損よ」

「その人が聞く耳を持つようになるまで、受け流すしかないじゃないの？」

知人はまだ納得がいきません。

「親しい間柄だから、相手の言うことを真剣に聞いて、誠実に対応すべきじゃないですか？」

真面目な人ですね。こういう人に「受け流しなさい」と言っても、自分の考えを変えるのは大変な作業かもしれません。

素直になれるまでには時間がかかることでしょう。でも素直になることが、自分を変える最初の一歩。

「どうか、温かな気持ちでその人に接してあげてください」

納得頂けたか、頂けなかったか。帰っていく知人の顔つきは、飛び込んできたときとは違って、穏やかな顔に見えました。

素直になれば

家庭を大事にする。

明るくて元気な会社を作る。

肝心なのは生活習慣の改善、つまり時間帯の有効な使い方なのです。

こんな考え方を基本に活動している会に入会する人たちの中には、

「自分自身を変えたい人」

「仕事を安定させたい人」

「仲間を作りたい人」

「会の会長をやりたい人」

などなど、千差万別です。


共通するのは、真面目に勉強して、幸せな人生を送りたいという人たちだということです。


一番大事なのは、自分自身との約束かもしれません。

ともすれば、気が向かなくなると自分自身に甘えが出て、怠けてしまうものです。苦しくなると、非難がましくなったりします。

素直になれば、人の成長のスピードは二倍、三倍に。


誰もが素直になれたらいいですね。

私たちの多くは、心の弱さをかかえています。

心が弱いとどうなるのでしょうか。

その不安から逃れようとして大きな声を出して怒鳴ったり、虚勢を張ったり、泣いたり、愚痴ったり、嘘をついたり、落ち込んだり……。

そうやって、たくさんのマイナスエネルギーを周囲にまき散らしてしまっているのです。

心が弱いという不満をかかえている私たちは、一方で「順応性のある自分」に気づいていないのです。

「順応性のある自分」からは、プラスエネルギーが発散されます。

人は誰でもこんな大きな力を持っていることに気づくことが、実は大切なことなのです。

小さなことから前向きに実践しましょう。行動しましょう。

実践を積み重ねたら、大きな宝物に成るでしょう。

幻想的な霧

思うところがあって、車でお出かけしました。

小雨模様だったのですが、目的地では傘もいらず、さわやかな心で「本日の目的を達成した」という感激に浸りました。

帰り道では幻想的な霧に出会いました。

自然界は様々な表情を見せてくれます。私の目の前の霧もそのひとつです。二、三メートル前の様子が何も見えない。そんな濃い霧であればあるほど、私は好きです。

真っ白な霧の向こうには、何があるのでしょう。

もしかしたら、素晴らしい未来が広がっているかもしれません。そう思ってワクワクできるから、幻想的な霧が好きなのです。


別の日のことです。

友人たちとドライブに出かけることになりました。

「今日はどこに行きましょうか」

気の向くまま、足の向くまま。


連休なのに高速道路もスムーズに。サービスエリアで小休止です。

高速を降りて、下道を六十キロほど走ります。素敵なレストランを発見しました。直感通り、店内もいい雰囲気で、ランチも満足。

お腹もふくらんだし、次はどこへ行きましょう。

そのときそのときで頭に浮かんだ所が、目指す目的地です。

そんな、無計画とも言える行動が、不思議と魅力的な穴場へと、私たちを誘ってくれます。

ある日もそうでした。

車で通り過ぎようとしていたとき、ある神社が気になりました。すぐに引き返してその神社へ向かいました。

車から降りると、すごい衝撃が全身を走り抜けました。体中がしびれるような、強力な磁場です。

こんなにも強力な磁場は初めてです。

体に残ったピリピリ感が抜けません。感動、感動の体験でした。

一流の下

「男のばかと女の利口は、同じレベル」

そんな言い方があります。

私たち女性をばかにした話ですよね。

人にとって大切なのは人格、風格、品格、神格、財格の五つでしょうか。

そういった「格」を人として手にしていけたらいいなと思います。

二十五、二十六歳の頃、言われたことがあります。私より二十以上年上の人でした。
「あなたは『一流の下』だね」

トップ集団のトップじゃないんですって。


当時、私はそんな言われ方をされたことに腹が立ち納得できませんでした。


「そう言われるのなら、『言われない』ようになってやろう」と思ったものです。

二十年以上たって、その人に会ったときに、こんなふうに問いかけたことがありました。

「ずいぶん前だけど、あなたに『一流の下』と言われたことがありましたね。今の私はどうかしら？」

こんな問いかけで、相手の方は、うろたえて「勘弁してくれ」と薄くなった頭を撫でて、頭を下げてくれました。

私も「ありがとうございます」と挨拶しました。


二十年以上の心のわだかまりがスッキリした瞬間です。

歯切れの悪さって

分かりにくさとか歯切れの悪さって、私たちの社会でよく見受けます。
ストレートにものを言わないことが「美徳」であると思われたりもしています。
それって私たち日本人の「特徴」っていうよりも、やはり「欠点」だと思います。
分かりにくさや歯切れの悪さって、どこからくるのでしょうか。

言うまでもなく自分への自信のなさからくると思うのです。

自分というものに自信を持って、頭の中を整理しておく。

それは企業経営でも、子育てでも、人生論でも、すべて当てはまることでしょう？

それがないから、歯切れが悪い言葉になったり、しどろもどろになってみたり。聞いている人にしてみれば、相手が何を言いたいのか、さっぱり分からないことになるのです。心の中で思っていることは、いつでも口に出せるように、頭の中できちんと理論立てしておくことが良いのではないでしょうか。

それともハッキリものを言わないのは、自分を守る処世術なのでしょうか。

そんな人ばかり増えたら、次世代はどうなるのでしょう。

第三章

私のあしあと

幼少の思い出

私は昭和二十一年一月、群馬県甘楽郡下仁田町に生まれました。

五人きょうだいの末っ子でした。

ふたつ違いのすぐ上の姉は私が小学校二年に成る四月に病気で亡くなりましたので、実質的には四人きょうだいといった感覚ですね。


私の生家は、代々名主だったのです。


そういう家でしたから、思えば幼い頃から、自分で自分に「我慢」を強いていたような気もします。

「自分の家は恵まれているのだから、わがままを言ってはいけない」

親きょうだいにそうしつけられたわけでもないのですが、そんなふうに思う子供になっていました。

もしかしたら「家そのもの」が、私をしつけていたのかもしれません。

旧家ならではの大黒柱、梁、門構え、戸棚、古いお仏壇……。

住宅というよりは、昔のお城の一部であるかのような威厳のあるものがたくさんありました。

そういったものは、年輪を重ねる中で「命」が宿ると言われます。そんな「命」の数々が、幼い私に様々な教えを授けたのだと思います。

「もの言わぬ存在がくれた教え」

これは、人の成長にとって、親や教師による「しつけ」や「教育」よりも大きな影響を与えるものなのです。

もちろん、そんな「声」を聞きとれる人も、聞きとれない人もいるでしょう。

私はそういう「聞こえない声」を聞きとることができる感受性を持っていたのでしょう。

母の教え

小学校二年生のときのことでした。

母親が作ってくれるお弁当の中身について、ちょっと文句を言ったことがありました。そうしたら、母が怒ってその後、お弁当を作ってくれなくなりました。

子供としてなにげなく口にしたおかずへの文句だったのですが、毎日お弁当を作る母にすれば大変な労力ですから、文句を言われたことで深く傷ついたのかもしれません。

その頃、私のふたつ年上の姉が大病して急死したので、母の心も乱れていたのかもしれません。

「大変なことを言ってしまったのかな」

幼な心にそう感じた私は、母がお弁当を作れるまで我慢しようと思いました。

何日たっても、母は私にお弁当を作ってくれませんでした。母は以後お弁当は作りませんでした。

もちろん父に言えば、解決することだったでしょう。でも、そんなふうに甘えることではないと、子供ながらに思ったのです。

毎日学校に通うのですが、お弁当の時間になると、私はそっと教室を抜け出しました。

そんな私の行動を不思議がる子もいましたが、私はそうやって耐えていたのでした。

授業を終えて家路につく頃には、もうおなかが空いて空いて、フラフラです。

食べられないと、どういう悲惨な状態になって、どんな気持ちになるかを教えられたとも言えるでしょう。

お金がなければどういう気持ちになって、どうすべきか。

仕事が大変なら、どうこらえて、どう対処すべきか。

その原点を教わったのかもしれません。

一緒に遊んだ姉が急死したので、家の中で私は孤独でした。

家に帰ると、気分的には独りぼっち。両親や兄姉の姿を眺める、いえ「観察しながら」すごしていました。


「もっとやさしくしてくれればいいのに」

そう思いながらも、静かに家族を見つめていたのでした。

「私なら家族にこうはしない。あんなふうにもしない」

そう思い続けていたのです。

噂

私は、地元の小中学校を出て、高校は富岡市にあった女子高に進みました。

私って、けっこう男性にもてました……。たくさんの男の子からラブレターをもらいました。

伏し目がちに歩いている私に、男の子が手紙を渡して、走り去って行くのです。

もちろん、言葉を交わすこともなし。おつき合いに発展することもありませんでした。

私が伏し目がちに歩いていたのには、ある理由がありました。

まだ中学二年生の頃でした。私が今で言う「いじめ」にあったのです。

中二の夏休みに、一年上の男子と私がつき合ったっていう噂が立ったのですね。

まったくの噂でしかなかったのですが、もしかしたら、その男子が私に好意を持っていて、私の名前を出したのかもしれませんね。

とにかく、クラスメートたちが私を「ふしだらな非行少女だ」なんていう目で見て、仲間外れにするようになったのです。

まだまだ「男女交際」なんて気軽にできない時代のことですから、そんな噂を立てられた私は、クラスの中で孤立してしまったのです。

根も葉もない噂ですから、しばらくしたら、みんなもそんな目では見なくなりました。

私はそのことをきっかけに、ひとつの教訓を得たのです。

「人の噂話など信用しない」

「街中などでも、気軽に男性と目を合わせたり、話をしたりしない」

自分に非がなければ、何も恥じることはない。それは当たり前の話ですが、世間はそう簡単には割り切れないものだということを、中学生時代に思い知らされたのです。

後から考えれば、貴重な勉強だったと思います。

さて、ラブレターをたくさんもらった高校時代ですが、男の子とつき合ったことはありませんでした。なぜかと言うと、二年生になった頃でしょうか、三年生の女性と親しくなって、その人が私のことを男の子から守ってくれたからです。

当時の女子高って、女生徒が女生徒に「恋愛感情」に似た気持ちを持つってことが少なくなかったのですね。

その先輩も、私に好意を持ってくれたらしく、私に近づいてくる男の子を、ことごとく撃墜していったんです。

「某高校の男の子が、あんたを紹介してくれって言ってきたけど、断っておいたわよ」

そんな感じで。

ほとんど「保護者」ですよね。たくさんのラブレターをもらった私でしたが、男の子とデートしたことなんか一度もなし。二年生だった一年間というもの、いつも先輩が私を守ってくれたのです。

また、その先輩がかっこ良くって、歌も上手で、頭もいい。当節風に言えば「ハンサムウーマン」といった存在でした。その「妹分」ですから、誰もさからえなかったのでしょう。

先輩は街中生まれで、「粋な遊び人」って雰囲気もありました。

だからといって、一緒に繁華街に行くなんてことは一度もありませんでした。

「あんたがクソ真面目だから、喫茶店やお好み焼き屋なんかにも入れないよ」

よく、そんなふうに言っていました。

私とすれば、中学二年生のときの「いじめ」がトラウマでしたし、「世間にうわついた姿なんか見せられない」という思いでいっぱいでしたから、ガチガチの真面目人間を通したのかもしれません。

先輩としても「こんなウブな子を繁華街なんかに連れ回して、それにはまって、道を踏み外させてはいけない」と考えたようでした。

私が三年生になると、先輩が卒業してしまったのですが、それでも先輩のご威光は健在で、周囲の男の子も私に対してはラブレターをくれる子がいたぐらいで、直接告白してくるような勇気はなかったみたいでした。

私とすれば平穏で真面目な高校時代が続いたのでした。

この先輩は、東京でお店を経営するなどして自立した女性の道を歩んでいきました。

子供の頃から、真面目であることを自分に強いてきた私ですが、「真面目すぎたかもね」とも思います。

学生時代に男の子との恋愛もしておけば、男性に関する見方も、また違ったものが身についたような気もします。

当時の私とすれば、「将来、好きな人と結婚して、夫に誠心誠意尽くしていけば、必ず幸せになれる」なんて考えていました。

きわめて普通の女の子ですよね。現実の世の中では、そんなきれいごとが通じないことも多いでしょう？

それを、身を持って教えられたのは、後に結婚してからのことでした。

父の教え

私は高校三年生のときに、自動車の運転免許を取ってしまいました。

末っ子の私をかわいがっていた父が「これからは女も運転免許が必要になるから、早く取っておけ」と費用を出してくれたために、学校帰りに教習所に通ったのでした。

おかげで、すぐに免許を取れました。

まだ、本免許をもらう前のことです。

私は「実地訓練を重ねた方がいい」とばかりに、兄の乗用車を運転して、あたりをひと回りしました。日産のブルーバードでした。

のどかな時代ですから、軽い気分で運転したのです。

そうやって帰ってきて、庭の車庫に入れようとして、横にあった大きな柿の木に車をぶつけてしまいました。

私はそのことを兄に謝ることなく、学校に行ってしまいました。

学校から帰ってきたら柿の木が根元から切り倒されていました。

「こんなところに柿の木があるから、娘が車をぶつけてしまった。柿の木があるのが良くない」

父がそう言って、木を切ってしまったそうです。

父がそんな行動に出たものですから、車を壊された兄も私を怒れないままでした。「兄さんに、いつ怒られるか」とビクビクしていた私でしたが、兄はその後も車のことは何も言いませんでした。

それが私には負い目やトラウマに成って、それからというもの、この兄には何事も逆らえなくなりました。

私が五十歳になるくらいまで、兄に歯向かいしませんでした。

私って、こういうところは「義理がたい」のです。「あのとき、怒られていた方が良かった……」なんて、後々思うような出来事も沢山ありましたが。

当時会社を経営していた兄が、まだ学生の私に「今夜中にこの製品を包装しておいてくれ」なんて言うこともありました。「明日は試験だ」というときの晩です。負い目のある私は断れませんから、言うことを聞きました。

それくらい「身にしみた」ということだったのです。

たしかに、父や兄にすれば、私をしかりたいと思ったりもしたでしょう。頭ごなしにしかりつければ、私が反発するだけではないか。それよりも、私が心から反省する諭し方はないだろうか。

その方法が、父による柿の木の切り倒しだったような気がします。

「ここに木があったから、車がぶつかった。この木が悪いから切った」

表面ではそう言いながら、父も心の中では、こう叫んでいたのでしょう。

「柿の木にも命がある。その命を『お前の不始末で』奪ってしまったのだ。この先もずっと保たれるはずだった命が、突然奪われたのだ。柿の木の気持ちをよく考えて反省しなさい」

そういった「無言の教え」であったと思います。兄も同じ気持ちだったのではないでしょうか。

そうでなければ、自分の車を壊した妹に、文句のひとつも言わないはずがありません。

思えば、幼い頃は、大黒柱・梁・門構えなどの伝統から無言の教えを受け、少女時代は、両親や兄から無言の教えを受けたのです。

そうやって、他人の心や痛みを理解する感性を育まれたと言えるでしょう。

社会へ

高校を卒業すると、兄が経営していた電気部品製造などの工場である「製造会社」に入社して、社会人としてのスタートを切りました。昭和三十九年の春でした。

工場は下仁田町内にありました。時代は高度経済成長期でしたから、工場も忙しくて活気がありました。日本中が元気だった時代です。

入社早々、商品の納品に出向いたことがありました。

納品先の会社の専務さんに挨拶したら、

「納期が遅れている」「部品が揃っていない」「書類も不備だ」

と文句ばっかり。

「社長の妹さんですか？　もう少しきちんとして頂かないと困りますね」

困りますって言われたって、十八歳の新入女子社員には、なんのことか分かりません。ただただ頭を下げて帰ってきましたが、会社に戻る途中、悔しさだけがこみあげてきて、車の中で泣きながら帰ってきました。

「もう二度と、こんなくやしい目にはあいたくない」

そう思った私は、会社に戻ると注文票などすべてを確認して、自分の頭に入れて、なんでも答えられるようにしていきました。

あの頃の工場は、必ずしもきちんとした書類のやり取りではなく、口頭と慣習で済ますことがありました。ただ、それではいずれどこかで問題が起こるでしょう。

私は、せっかく入社したのだから、そういった書類管理も徹底させようと努めました。ベテランの社員にとっては、うっとうしい存在だったかもしれません。こちらがお願いしても、相手は横を向くだけです。

どうやったら、自分の言うことを聞いてくれるか。仕事を効率良くできるか。そのあたりを試行錯誤しながら進めていったのでした。

ベテランの作業員よりも、組み立てや、検査、作業が早くできるように成るために、夢中で一年くらいかかりましたが、ベテランの作業員よりも早く仕事ができるように成りました。私にとって「職場の意識改革」に全力を挙げた成果でした。

「今日中に仕上げて持ってきて」と言われて、取引先のメッキ工場にも出向いて「今日中に仕上げて」とお願いしても、

「何言ってるんだい。できるわけないよ」

相手はけんもほろろです。

だからといって、私も引き下がるわけにはいきません。

「すみません。忙しいのですね？　この作業ってどういうふうにするのですか？」

「面白そうな作業ですね。私にもできるかしら。お手伝いさせてください」

そんなことを言いながら、ニコニコしてお手伝いしていると、相手の作業者も心を開いて親しく成ります。

「分かったよ。すぐに仕上げるから」

相手も職人さんです。職人気質ってものがありますから、そのプライドを損なわないように上手に対処する。

気心が知れれば、相手も言うことを聞いてくれるようになります。そんなことを覚えていきました。

十八歳で社会に出て、取引先から怒鳴られたり、邪険にされたりすれば、こらえ性のない人なら、すぐに会社を辞めてしまうでしょう。あの当時だって、今だって。

私は考えました。

「人生を切り拓いていくには、つらいことがたくさんあるはず。取引先から怒鳴られたくらいでへこんでいたら、就職先がいくつあたって足りない」

仲良くすることを身につけなければ、社会の荒波をかいくぐって前に進むことなんかできないと思いました。

取引先が怒ったのには、自分の方にも落ち度があるはずじゃないですか。

注文票などをよく理解しないまま「納品に行け」と言われて、安易にやってきた私にも非があります。

自分の至らなさを諭してくれたとも言えるじゃないですか。

相手は「この人は信用できるかどうかを試してみよう」といった考えで、わざと厳しい態度を取ったのかもしれません。

十八歳かそこらで、よくそういったポジティブ思考になれたものだと思います。

子供の頃から割と冷静に周囲の大人を観察したり、いじめへの対処法として自分を厳しく律することを課題にしてきた私には、そうすることが苦痛でもなかったのです。

むしろ自分の工夫次第で相手が言うことを聞いてくれる。仕事がうまく進むことを体験し続けたことで、それが嬉しく、楽しくなっていったということかもしれません。

二年ほどたって、会社の経理も任されるようになりました。帳簿のつけ方や資金繰り表の扱いなどについて、おつき合いのある銀行の支店長から丁寧に教えてもらったりもしました。

その頃、工場は富岡市内に移転拡大していました。

兄も私を頼りにしてくれて、お金のことは私に任せています。いくら妹だからって、まだ二十歳の女の子ですよ。

「あの会社にお金を貸してある。少し返してもらってきてくれ」

「銀行に融資の相談に行ってきてくれないか」

もう、お金のことはなんでも私の役目になったのです。

兄はものづくりには熱心でしたが、経営は得意ではなかった人でしたから。

面倒なことはすべて私の仕事になったのです。

独立と結婚

若い営業マンだった男性と私がつき合い始めたのは、昭和四十一年でした。

彼が二十二歳、私が二十歳でした。この若さでは、周りもすぐには賛成しません。

私の家族とすれば、「しかるべき家柄の相手」との内諾はあったらしく、まだ若いのでもう少し先に延ばしてそれから……と決めてあったそうです。

でも私たちはふたつ違いの若者同士ですから、普段から言葉を交わして、特別な感情を持っていたわけでもなかったのですが、「なんか、いい人かもしれないね」なんて印象が、「この人でいいか」といった気持ちに変わっていきました。「若気のいたり」って、こういうことなのでしょうね。

好意を持った相手の「本質」を見抜く力は、私にはなかったのでした。

つき合い始めた二人は考えました。

「今のうちから、二人で会社を起こして軌道に乗せよう。そうしたら、誰も結婚に反対できなくなるだろうから」

そんなわけで、知り合いから三十万円借金して、金属部品切削の仕事を創業しました。

これが、今日に至る「株式会社コスモインダストリー」の長い歴史の始まりだったのです。

仕事は兄の会社からもらいました。兄の会社の下請けといった位置づけです。

兄の会社の経理をしながら、自分たちの工場を経営する。そんな二足のわらじをはいたのでした。

結婚できるかどうかがかかっていたのですから、私は必死でした。

一年後には、どうやら工場も軌道に乗り、四十二年に、私たちは結婚したのでした。

夫が仕事をしたのは、結婚後四ヶ月ほどです。

その頃、地元の選挙の応援活動で、夫も青年のひとりとして駆り出されました。選挙活動に走り回って、夜になるとみんなで酒を飲みに行って、気勢を上げて……。よくあることですが、酒の楽しみを知ってしまった夫は、真面目に仕事をすることよりも、仲間で盃を酌み交わす楽しさを優先させ、しまいには、それにおぼれていきました。

競馬やパチンコ、麻雀などの賭け事にも夢中になっていました。

長女が四十三年の三月に生まれました。母親になった私は必死でした。

「今は仕事を放り出している夫だけど、子供もできたのだし、いつかは立ち直ってくれるはずだ」

そう信じて作業に当たったのでした。

私は兄の会社の経理を担当しながら、自分の工場の面倒をみるという立場が続きました。

四十一年に始めて、四十三年には現在の土地を買い、四十五年に工場と自宅を作りました。新しい工場に移ると、切削から、部品組み立てにも事業を拡げました。さらにもうひとつの工場も建てました。

夫に立ち直る気配は見られず、その後お決まりのこととはいえ、深い関係になった女性もいました。それをなじれば、暴力をふるう始末なのです。

次女が四十六年九月に生まれました。

昭和五十年ごろには数十人もの社員を抱え、売り上げが月に数千万円にもなりました。

私は、まだ二十代でした。

ＣＢアンテナのコイルも作っていました。私は電気科の学校を出たわけではないのですから、詳しい技術は分かりません。

専門の職人の仕事です。その職人の腕が良かったため、ＣＢアンテナを買ってくださっていた某会社ではなく、もうひとつの某会社からの引き抜きにあってしまいました。開発測定器をそろえてからの引き抜きです。

その職人が受け持っていた仕事自体も私たちの会社にこなくなったのです。月に数千万円あった売り上げが四分の一以下に急降下してしまったのでした。このため経営危機に陥ってしまいました。

しかも、そんな大変な最中に、私は長男を早産で出産したのでした。

三人の子供がいるのですから、「この子たちを守らなくては」という思いが、私を仕事に駆り立てる原動力だったのでしょう。

必死に働きました。

あの頃の写真を見ると、かなり厳しい顔をしたものばかりです。

笑顔の写真にしても、無理して浮かべた作り笑いですね。

私がそうやって必死に仕事をしていましたが、夫が立ち直る気配はいっこうに感じられませんでした。

酒・賭け事・女性……。離婚には応じてくれません。

「いっそ、夫や子供たちを道連れに……」

そんな考えが頭をよぎっては、子供たちの寝顔に、そんなバカな考えを振り払ったことも、一度や二度ではありませんでした。

心を無に

私は自分の心を「無」にしようと思いました。

夫のしたいことは、すべてさせてあげる。

「マザー・テレサになったつもりで、すべてに耐え、すべてを許すのだ」

そう心に決めて夫に接しながら、子供を育て、会社を切り回すことに集中したのでした。

そして、夫については、すでに「他人」とも言えるような気持ちになっていました。

ですから、夫が家から持ち出したお金は、すべて記録しておきました。買い物したいろんなものについても同様です。

五年間で、持ち出したお金の総額は千五百万円を超えるものでした。


離婚の話になると、罵り合いになることは避けられません。

「うるさい、ここは俺の家だ。さっさと出ていけ」

「何言ってるの。全部私が仕事をして稼いだお金で揃えたのでしょう？」

「ああそうだったよな。じゃあ、みんなお前のものだから、勝手に売るなり何なりしてくれ……」

心を無に、とは思いながらも、ときにはこんな言葉を口にすることがありました。私にしてもすぐに「マザー・テレサ」の心境にはなれません、人間ですから。

「もうだめだ」

そう思った私は夫に知られないようにしながら、会社も自宅も、土地も、名義を夫から私の名前に変えました。

（子供を守るために、私は出て行くわけにはいかないのです）

税務署にも銀行にも、「なんで夫婦が？」と不審がられながらも、私の決断は変わりませんでした。

名義を変更しても半年間は、夫にすれば異議申し立てができますので、変更したことは絶対に知られないように気をつけました。

夫からすれば、まさか私がそんなことをするとは考えもしません。登記書類などを見ることもないまま、半年が過ぎていきました。


私は離婚してくれるよう言いました。夫は、これまでと同じ言い方でした。

「ああ、別れてやる。とっとと、出ていけ」

出ていけ？　冗談ではありません。


「家も土地も、すべて私の物ですからね。あなたがさっさと出ていけば？」

夫は言葉をなくしていました。


男が威張り、女が泣く泣く出ていく。それは昔の映画の世界でしかありません。悪い方が出ていくのは当たり前です。男でも女でも。

そんな展開の末に、正式に離婚したのは昭和六十年のことでした。


夫は私と三人の子供を残して家を出ました。

不承不承の顔つきでしたが。

コスモインダストリー

昭和四十一年に創業した製造業は、昭和六十年に有限会社として法人化しました。平成二年に社名を改め、平成七年に合併。現在の株式会社コスモインダストリーに至っています。

黄銅、ステンレス、アルミ、鉄、プラスチックなどの切削加工から、各種コネクタ組み立て、各種試作品の制作などを続けてきました。

平成元年にはプラスチック成型も始まりました。

平成十二年には、高周波同軸コネクタ『ＣＯＳＭＯ50／75』が、すぐれた技術を顕彰する群馬県認定の「1社1技術」に選ばれています。

プラグとジャックの接合強度も、独自技術のコレットチャック方式採用で飛躍的に向上し、低ノイズ性がアップしました。

こういった特許取得、あるいは特許出願中の特殊技術が高く評価されての「1社1技術」認定なのです。

県の工業試験場と連携して、開発していった傑作です。

私は会社の規模拡大戦略とは反対の道を歩みました。

社内で作る物は増やさず、新規は社外委託に切り替えたのです。

たくさん売り上げを上げても、何かあると、すぐ落ち込んでしまう。

大人数の社員を抱えると、人件費も大変です。毎月毎月緊張感でいっぱいでした。

社外に制作を委託すれば、人数が少なくて済むのです。それに気がついたのです。

人生は楽しく生きるものです。見た目・外見じゃなくて、中身です。

これは人間もそうだし、会社も同じ。立派できれいな工場があればいいわけではないでしょう。

外の会社に制作を委託していますが、私なりに考えれば「社外に十数人の課長（社長）がいて、いい製品を責任もって作ってくれる」というありがたい結果なのです。

コスモパワー

普通の営業マンなら、得意先の人と飲んで歩いて……、といった営業を続けるじゃないですか。私はそれができない代わりに、いろんな技術の研究と試作の繰り返しに時間とお金を費やしたのです。

お金をいかにつかうか。その方法は様々でしょう。私は、この方法を選んだわけです。

「あなたの会社は、いろんな技術を持っていますね！　研究熱心な会社ですね」

こうした会社への信頼と評価が、営業につながるわけです。

得意先や銀行の人とお酒を飲むより、ゴルフをするより、女の私には適していた営業手法だったのです。

子育て中の母親でもあるのですから、夜遅くまでのお酒のおつき合いとか、休日のゴルフとか、それは無理というものです。

それぞれの人にとって、自分なりの営業方法を貫くことが何より大切です。

もちろん、開発した技術や商品がすべて売れたかというと、そうでもなかったのは世の常です。何から何までうまくはいきません。

私が何かの研究を始めると、みなさんが苦笑します。

「また、社長の道楽が始まった」

取引先や知人たちからも、批判されたことがありました。

「製造業でありながら、開発に熱中している」と言われても、私は真剣そのものでした。

いろんな新商品開発をしてきた私ですが、中でも評判がいいのが、パワーストーン『コスモパワー』です。

丸く平たい三枚の石。魔除けである「黒除《くろよけ》」、命を表す「鏡」、幸せをもたらす「白除《しろよけ》」。

この三枚のそれぞれ両面に、八つの梵字を刻むことで、八尊仏の力によって、持つ人に宇宙の力をもたらすのです。

八尊仏とは、阿弥陀如来・虚空蔵菩薩・勢至菩薩・千手観音菩薩・大日如来・不動明王・普賢菩薩・文殊菩薩です。その素晴らしい力がひとつにまとまり、より大きなパワーをもたらしてくれるのです。

この力が、人には見えない潜在意識を刺激して、その人本来が持つ大きな力を引き出すものなのです。この力が、持つ人の幸運を呼び寄せます。

これを持つ人から寄せられた感想を記しましょう。

「プラス思考になれた」「物事をくよくよと悩まなくなった」「恋愛運が高まった」「仕事運が上昇した」「家庭が円満になった」「心が落ちつき、生活が充実してきた」「身体が健康になった」……。

この力は、コスモパワーが大宇宙の力を引き寄せ、ひとりひとりの「気」を高めてくれたことで、好循環が広がった結果です。

めがねの鼻あて（ノーズパッド）ですが、高純度九九・九％のゲルマニウムを使った「ゲルマアイ」を開発しました。

パソコンやゲーム……。現代社会は目への負担が増すばかりです。ゲルマニウムの力によるおしゃれな健康維持製品というわけです。

お手持ちのめがねで使えます。めがねの鼻あて部分をドライバーで外して、ゲルマアイを取りつけるだけでいいのです。

暮らしの中で、不思議な力を与えてくれたり、心身の疲れを癒してくれたり、便利だったりする商品開発は、私の生きがいになっているのです。

この開発へのチャレンジが、私自身の若さにも貢献してくれていることは間違いありません。

経営者の役割

私が「技術を持つ職人」だったら、何から何まで自分でやりたくなるでしょうし、ひとつのことに集中して、ほかには注意を払わないかもしれません。

私は職人じゃありません。

経営者ですので、知恵や技術を持っている人や企業を探したりしながら、ゼネラルマネージャーとしての仕事に当たってきたわけです。

命令してはいけませんし、上から目線で話してもいけません。相手の気持ちを傷つけることなどもってのほかです。

私が相手をいかに評価し、大切にしているかを理解してくれたら、その人は一生懸命、協力してくれるパートナーです。

ものの言い方としては「命令」ではなく「お願い」なのです。

やさしい口調で「これ、やっておいてね」と言う。

文字にすれば、明らかに「お願い」ですが、私の意思を明確に伝えているわけです。

こちらがニコッと笑みを浮かべながら「やっておいてね」と言えば、相手は「命令されたこと」自体は意識しつつも、言葉の表現の柔らかさから、「命令ばっかり言ったって、そうそうできるものか」などといった反発につながらないのです。


優しさは「女性ならでは」の武器かもしれません。

相手がミスしたときも同様です。

「何をしているのですか。しっかりしなさい」などと怒ってみても、相手は相手で自分のミスを分かっているわけですから、むしろ反発するだけ。

怒ったり怒鳴ったりする代わりに「次から気をつけようね」といった言葉を投げかければ、ミスした人も救われるじゃないですか。


怒る・怒鳴るは、そうする方の「自己満足」なんですね。怒鳴ったって、事態は良くなりません。かえって事態を悪くします。

怒鳴ることで自己満足感にひたっている人は、こらえ性のない「子供」であるとも言えます。

そんなことでは、人の上には立てません。

働いてくれる人は、私にとって同じ方向を向いている仲間です。

「給料を払ってるんだから、いい仕事をするのが当たり前」ではいけないと思います。

「いい仕事をして頂いているから、感謝して給料を払う」

私は常に、こう思ってきました。

形態は同じでも、受け止め方は天と地の開きがあると思います。

社員に「ありがとう」

夕方、退社する社員に投げかける言葉も、世間によくある「ご苦労様」じゃなくて、私は社員一人ひとりに「ありがとう」と言います。

よその会社の人がたまたまその場にいると驚きます。

「社長が夕方、家に帰る社員一人ひとりに『ありがとう』なんてお礼を言ってる会社は初めてだ」

驚くには当たりません。私は素直に感謝しているのです。

言われる社員だって「ご苦労様」より「ありがとう」の方が、心にしみるでしょう。誰だって「ありがとう」と正面切って言われれば、うれしいものですから。

私自身「ご苦労様」って言葉が好きではありません。

人からその言葉を投げかけられて、傷ついたことがずいぶんあります。

この言葉ですが、「上から目線」ですしね。だから、社員には使いません。

「ありがとう」って、私は響きが好きです。

私自身そう言おうと決めて一週間くらいは蚊の鳴くような声でした。

無理して言い続けているうちに、なんとか普通に言えるようになりました。

これも訓練ですね。

繰り返しますが、社員は大切な仲間です。

だからこそ、同じ方向を向いて力を出し合っていきたいのです。

これまで、精一杯、百パーセント全力で走ってきましたから、普通の女性のように花をめでるような精神的余裕などありませんでした。

平成元年頃だったでしょうか。

読売新聞の「群馬の細腕繁盛記」という連載企画の取材を受けたことがありました。記事には私の写真が添えられているのですが、気持ちに余裕のない時代でしたから、まるで「鬼みたいな」厳しい顔つきですよ。

その記事でも「自分は自分、子供は子供」なんて言っているのですが、実際の私は厳しい顔をしていましたね。まだ四十代になったばかりだというのに。

その頃っていえば、子育てをしながら、会社も回していて、土日も関係なしで、夜中の二時まで働いていた時代ですからね。夫とは別れたし、会社だって順風満帆とはいきません。いつもお金のことが頭から離れませんでした。

当社の部品出荷は「全数検査」ですから、手間もかかります。

抜き取り検査みたいなことではなく、百パーセント検査するわけで、そのための必要最低限の人数がいるわけです。

「お客様にも外注先にも喜んでもらえる仕事を」

そんな精神を基本に、丁寧に応対してきた私でしたが、中には厳しく対処したこともありました。

第四章

私の子育て

子は親の背中を見て

「子供に苦労はかけたくない」

世の親なら、誰もがそう願うものです。

とはいえ、「子は親の背中を見て育つ」の格言もあります。

親が必死になって生きている、仕事をしている、子育てをしている。つまり、苦労している親の後ろ姿というものは、やはり適度に見せておかないと、子供の心に「親への感謝の気持ち」が育ちません。

仕事をしない夫の代わりに会社を回しながら、三人の子供を育ててきた私ですが、子供たちの前ではできる限り「苦悩している母親」の背中は見せないようにしてきたのです。

まるで私が何の苦労もなく、我が子を大人にしてしまったかのような印象があるのかもしれません。

弱々しい母親というイメージの方が、子供の胸に感謝の気持ちが灯りやすいかもしれません。

バリバリ仕事をこなす力強い親だと、反発を食うか、「乗り越えられないなあ」と弱気になってしまうかもしれません。

そんな子供になってもらっては困ります。


長女が二歳くらいのときでした。

二歳といえば、まだおもらししたりもする年齢です。

親から見れば、そんなの当たり前の光景ですから「あら、おもらししちゃったのね」なんて軽い気持ちで言うじゃないですか。そんなとき娘は恥ずかしさを通り越して、とても悲しそうな顔をしました。

「困った、こんな小さな子なのに、傷ついてしまったかもしれない」

そんなふうに、私は自分の言葉に後悔したことがありました。

幼くても、ちゃんとプライドを持っているのですね、子供って。子供から当たり前のことに気づかされました。それからは配慮を欠くような言葉は慎んだものでした。

長女が生まれて一ヶ月もたたないうちに、私は知り合いのご夫婦に長女を預けて、私は会社の仕事をしていました。

長女が三歳くらいの頃です。

仕事をしなくなっていた夫は、勝手に旅行に行ってしまったのです。

私は大きなショックを受けました。

「こんな大事なときに、家をほっぽり出して……」

もっと驚いたのは、長女の言葉でした。

「お母さんには私がついているから大丈夫」

三歳の子供ですよ。

それが落ち込む母親を健気《けなげ》にも励まそうと、こんな言葉を口にしたのです。私は思わず長女を抱きしめながら、泣き出してしまいました。

次女が生まれたときは、知り合いに預けるのではなく、近所の人に私の家に来てもらって世話をお願いしたのです。

ですから、その人が来ると次女をまかせて、私は長女を知り合いの家に連れて行って預ける。そして会社の仕事へ。

そんな毎日になりました。

近所の人は次女を昼間寝かしつけてしまうので、夜になると元気になって騒ぎ出すのです。

これには弱りました。

長女へ

長女は小学校から常に「良い子」でした。

中学に入った頃、非行に走りかけたことがありました。

私も学校に呼び出されたこともありました。でも大きな問題を起こすでもなく、高校に進むことができました。

高校生になった長女に、こんなことを言いました。

「小中学校は義務教育だし、私も親として学校に行かせる『義務』があるわ。高校からは義務じゃないの。お金もかかってくるのだから、私（親）を助けてね」

親を助けて、といっても、別に高校生のうちから働いてお金を稼げって意味じゃありません。

しっかりした大人になるためには、高校生のうちからきちんとした生活を送ることの大切さを心の底に刻んでほしいと思ったのです。


夕食の支度は長女の役割にしました。

母親である私は会社の仕事で忙しいという理由にしましたが、別に私が支度をしたっていいです。

長女にその役割を担わせることで、決まった時間に家に帰ってくるように仕向けたのです。

高校生にもなれば、放課後友達と遊びにも行きたいでしょう。おしゃべりしたりするだけならいいのですが、好奇心旺盛な年頃ですから盛り場をうろつくようなことがあるかもしれません。それでは困ります。

夕食の支度を命じて「定時帰宅」させたのです。それに女の子ですから、料理がうまくなって悪いはずもありませんし。

十代の女の子なので。簡単に料理がうまくなるってものじゃありません。

私とすれば、自分がやった方がどれほどたやすいことかとイライラしたこともありました。

「夕食の支度は、あなたに任せる」と宣言した手前、私は一切の口出しをしない方針でした。

「口や手を出さない勇気」ってけっこう大変です。それが娘の成長につながるとあれば、母親としては耐えなければなりません。

娘は高校の「進学コース」に入っていました。それにしては数学などの教科が苦手で、先生からも「娘さんは家で夕食の支度を受け持っているそうですが、勉強の時間をもっととってあげた方が良いのではないですか」と言われたことがありました。

私は反論しました。

「先生、娘は毎日一時間以上も友達と電話しています。それをやめれば、夕食の支度にかかる時間よりもたくさんの勉強時間が取れます。これは本人のやる気の問題ですよ」

先生は苦笑いするばかりでした。

「先生、娘に家庭教師をつけてやりたいのです。誰か、いい人をご存じありませんか？」

そこで大学生の家庭教師を紹介して頂きました、元々やればできる子だったから、クラスでもすぐに上位になって、某大学の薬学部に合格し無事に卒業して、某製薬会社に勤めています。

次女へ

次女が小学校一年のときのことです。

明るい元気な次女……、それがひと月くらいで、急に口をきかない子になってしまいました。

そのときの担任の先生が更年期の人で、入院直前の体調だったようです。

そんな体調の先生でしたから、娘が何か気にさわることを言ったりしたのでしょうか。

「娘さんは学年に満たない能力ですね」

担任からはそんな言い方をされました。

私は驚いて小学校の教頭先生を訪ねて、問いただしました。

「そんなことはないよ。お嬢さんは普通の子だよ」

そんなことも言われました。


次女が小学二年生の頃だったと思います。

私宛の差出人不明の手紙が家に届いたことがありました。手紙を読んだ私は驚きました。

「両親が仲良くしないと、子供が非行に走りますよ」

そんなことが書いてありました。子供が精一杯丁寧に大人の雰囲気で書いたような内容と文字でした。

私は思いました。

「これは、次女からの私たちへの『抗議』なんだな」

本人は否定しますが、私は今でもこの手紙は次女が書いたものだと思っています。

仕事をしない父親は、酒・ギャンブル・女性と遊びほうけている。母親に暴力をふるうこともありました。

そんな姿を見て、黙ってはいられなかったのでしょう。

口に出す勇気はない。小学生ですから、当然ですよね。そこで思いつめた挙げ句に、差出人不明の手紙を出したのだと思います。

手紙を読んで「もしや次女が」と思ったとき、私は気がつきました。それ以前にも次女が私たちにシグナルを送っていたことに。ベッドの端を切るやら……、冷蔵庫の中のしょうゆボトルを倒して、冷蔵庫中をしょうゆだらけにしたこともありました。

私が長い髪を束ねるために使っていたゴムの飾り紐を切ってしまったこともあったのです。手紙をもらうまでは、それは幼い子供の単純ないたずら心だと勘違いしていましたが、違ったのです。

「私は苦しいのよ。お父さんとお母さんを見ているのがつらいの。気づいてよ。なんとかしてよ」

そう訴えたいがための行動だったのですね。

そんなことがあった末の匿名の手紙でしたから、私はその手紙を書いたのは次女だったかしら……と思ったわけでした。

私たち夫婦が、最愛の娘の気持ちをそんなふうに傷つけていることを、思い知らされました。

一年生になってから、急に無口になったのも、私たちのせいかもしれません。

それなのに、夫ときたら、その手紙を見ても「ふーん」と言うばかりで気にしません。

そのときからですね。私が本気で「離婚」ということについて考え始めたのは。

「夫が立ち直れないなら、別れるしかないか。それがむしろ子供のためかもしれない」

当時、そう思い始める私がいました。

母の想い

なんとか次女を明るくしたい。学校の勉強以外に何か熱中できるものを習わせたい。

そんな気持ちで日本舞踊の教師をしている知人に頼んで、教えてもらうことにしました。ピアノの教室にも入れました。踊りやピアノは発表会などの晴れがましい場がありますから、次女もそれを励みに明るくなるかもしれない。そんな期待からでした。

それでも、なかなか明るくならないのです。

食べ物の好き嫌いがあったのですが、先生から厳しく注意されたのがきっかけで、給食を残しました。

「このままでは、病気になってしまうかもしれない」

なんとかしなければと思い、水泳教室にも通わせました。熱心な指導で知られている教室で人気があるため、半年待って入ることができました。

富岡の市民プールで練習して、冬は父母が前橋の温水プールに送り迎えするスタイルでした。

富岡と前橋では車で片道一時間以上かかりますが、娘の幸せのために、私も必死でした。

この教室の先生は「平等主義」の人でしたから、泳ぎの得意な子にも、得意ではない子にも、丁寧な指導をしてくれました。

同じスポーツでも球技などのチーム競技だと、優秀な子はレギュラーで、あとは補欠なんてことになるじゃないですか。

別に娘をスポーツ選手にしようと思ったわけではないのですから、みんな平等に指導してくれる先生が開いている水泳という「個人競技」の教室を選んだのです。

私も若かったです。三十代の母親でしたから。「焦り」があったのです。

勉強も遅れが出てはいけないから、学習塾にも通わせなければならないと考えました。

そこで下仁田町で、丁寧な指導をしてくれると評判だった学習塾に入れて、娘を車で送り届けて、私は会社に戻り、また迎えに行くという日々も送りました。

必死だったですね。会社の仕事をこなしながらですから、私にとっては大変な負担でした。

でも娘のためですから、弱音なんか吐いてはいられません。

特に娘の前では、そんな毎日を「平然とこなしている」かのようにふるまいました。それは親としての責任だと思っていたからです。


次女は中学三年になって「高校になんか行かない」と言い出したことがありました。東京のモード学園という専門学校に行きたいと言いもしました。

仕方がないから東京へ連れて行きました。

「こんなにぎやかなところで生活するのって大変よね」

そんなことを言いながら、

「高校を卒業したら、都会に出てきてもいいわよ」

そんなふうになだめていました。

次女は「競争のない高校なら行く」というので、近くの高校に受験手続をしました。母親としてはそこに入ってほしくなかったのです。

そこで、試験当日の朝、私は中学校に電話しました。

「受験する娘が体調を壊しているので、今日は行きません」

娘にも「今日は試験受けに行かなくていいわ。学校にも言っておいたから」と言いました。

私もきついですね。娘の「競争のないところなら行く……」という安易さを認めるよりも、私立に進む道を選ばせようとしたのでした。

娘は慌てて、不安な顔をしましたが、試験に行かせませんでした。

中学校の担任の先生も心配して連絡してきましたが、私は平然としたもの。

「大丈夫です。私立に行かせますから」

そんなことで私は次女を高崎市内の私立高校に進ませたのでした。

それでも、娘は勉強したがりません。補習授業にも出ようとしないのです。

私が「このままじゃ赤点になるよ。それでもいいの？」と注意すると、娘は言い返してきました。

「勉強する苦労と、勉強をしないで先生に怒られる苦労のどちらを選ぶかとなれば、私は怒られる苦労の方がいい」

こう言うではないですか。私は言葉を失ってしまいました。

とはいえ、落第させるようなことも本人の将来を考えれば、避けなければなりません。ですから、「長い一生のたった三年ぐらいは頑張って、卒業だけはしてね」と言い、必死に説得しようとしました。娘もそんな私の気持ちを感じたのでしょう。なんとか卒業にこぎつけました。

高校入学前は「高校へは行きたくない。東京のモード学園に行きたい」などと言っていた娘でしたが、高校を卒業する直前に、「看護婦になりたい」と言い出しました。

そこで、准看護婦の専門学校に進ませました。

驚いたことに、娘の勉強への意欲が初めて芽生えてきたようで、常に本を片手に行動するような「模範的学生」に大変身したのでした。

病気やけがの患者さんの面倒をみる看護婦、現在の看護師ですが、この仕事に強く惹かれたようでした。

高校までの暮らしの中で、いつどこでそんな世界を詳しくのぞいたのか分かりませんでしたが、次女がひとつのことに熱中する姿を見たのは初めてでした。母親としてはうれしい限りでした。

心ある看護婦さんは、上司である婦長さんやお医者さんよりも、なにより患者さんと真摯に向き合おうとしています。私も、母親としてその大切さを娘に説きました。娘も理解しているようでした。

准看護婦の資格を取って、藤岡市内の病院で働き始めた次女は正看護婦の資格をとるべく、埼玉県上尾市の病院に移り、働きながら市内の看護学校に通って正看護婦の資格を取りました。

看護学校の成績は常に上位で、勉強に意欲を示さなかった高校時代の姿が嘘のようでした。

「なんでそんなに勉強するの？」

「だって、先生（医師）や先輩の前で、仕事ができなければ恥ずかしいじゃないの」

私の質問に胸を張って答える娘。これが社会に出たことによる「刺激」と「自信」なのでしょうか。

私にとってはうれしい誤算とも言えるほどの変わりようでした。

娘は二人とも結婚して家庭を持ちました。

とはいえ、娘が何かのことで落ち込んでいる時期もありましたが、私は口を出しませんでした。夫がいるのに、いつまでも母親の私が口を出すべきではないでしょう?

娘の夫にはいろいろアドバイスを、娘に内緒で援助をしてあげた時期もありましたが、直接娘には言いませんでした。

まあ、娘たちにしてみれば、私って「強い母親」でありすぎたかもしれません。少しは「弱み」みたいなものを見せた方が良かったかもしれませんが、私は私で当時は「ベストの態度」だと信じていたのでした。

私の場合、夫が子供に対して「父親としてのたくましい背中」を見せられない人でしたから、私が「弱さ」を見せなかったのは、母親であると同時に父親でもあったからかもしれません。

テレビ番組で親子が出演して、親の苦労に感謝して泣き出したりする光景があるじゃないですか。

ああいうのを見ると、「私の方がもっと苦労したのになあ」なんていう気持ちになることがよくあります。

娘たちは「すごい親ねえ。子供のためなら、あんなすごいことまでしてあげるの……」なんて……。

今にして思えば、私も少しは「苦労していたり、悩んでいたりする母親の弱さ」を見せておくべきだったかもしれないと思うときがあります。

もちろん、「弱音など、吐かない」というプライドがなければ、長く会社を続けることだってできなかったはずですが……。

長男へ

長男は、私が頑張っていることを感じていたようです。

末っ子の長男ですが、わりと醒めていて、周りに気を配る性格でした。

それでも、中学二年生の頃の反抗期は大変でした。

自分の部屋のドアとか本棚とか、階段とかに穴をあけたりしていました。

最初は「男の子のやることだし、そのうちに収まるだろう」なんて私ものんきに構えていましたが、一ケ月、二ケ月しても、いっこうに収まりません。

私は業を煮やして、息子の部屋に飛んで行きました。彼の目の前で本棚や机を拳で叩いて壊し始めました。

すごい形相だったと思います。

「いいかい、お前がこれ以上家の中を壊すのなら、お母さんが全部壊してやる。家が壊れたら、家族全員寝るところもなくなるよ。わがままも、いい加減にしなさいよ」

それまで、やりたい放題だった自分に、何も言わなかった母親が怒ったのですから、息子も驚いたのでしょう。同時に反省もしたようで、その日以来、問題行動を起こさなくなりました。


それより前の、小学校三年生の頃のことでした。私が夫と離婚した直後だったと思います。

「お母さんの会社を、長男のあなたが守ってくれるのかな」

息子にそう言ったことがありました。

息子にしてみれば、私の会社、この小さな会社が不満だったようです。子供心に、大きな会社にあこがれるのは当然かもしれません。

「だって、こんな小さな会社なんか……」

息子はそう言いました。

そこで私は、その日の夜、息子を車に乗せて、市内にある、株式上場している大きな会社に連れて行きました。

「この会社だって最初はうちみたいに小さかったのよ……。社長が頑張って、一代でこんなに大きな会社にしたのよ。最初から大きな会社より、小さな会社を自分の努力で大きくしていく方がすごいと思わない？　やり甲斐があると思わない？」

そう言ったら、息子は「分かった」って言って、反論しませんでした。

私の言っていることが、彼なりに理解できたようでした。

その納得した表情から、私は息子の心の中を読み取ったのです。

中学浪人

息子は希望した高校の入試に失敗して、「中学浪人」を選びました。

担任の先生は他の高校受験を勧めましたが、息子は「希望した高校に行く。来年もう一回受ける」と譲りませんでした。

私は息子の決断を大切にしてやりたいと思い、予備校通いを許しました。浪人するってことは、中学時代に仲の良かった友達が、一年先輩になるってことです。それを分かったうえでの重い決断ですから、それを尊重するのも親の務めだと思いました。

一年後、予備校での勉強の成果が出て、息子は目的の高校に合格しました。

合格の報に、すでに「間もなく高校二年生」になる友達何人かがやってきて祝ってくれました。

しばらくたっても、みんな息子の部屋にこもったきりです。

「部屋でお酒を飲んでいたらどうしよう」

あの年頃ですから、そんな心配もありました。

その挙げ句に、息子たちは夜中になって部屋を出て行ったきり戻ってこないのです。

もしお酒でも飲んでいて、そこらを歩き回っていたら、補導されることだってあるでしょう。そうしたら、高校合格だって取り消しです。私は車で市内の心当たりを探して回りました。

なかなか見つかりませんでしたが、「もしや」と思って向かった母校の小学校の校庭にいた息子たちを見つけたときには、もう深夜でした。

「あんたたち、夜中に何しているのよ。お巡りさんがきたら、とんでもないことになるのよ。自分たちの行動には責任を持たなきゃならないのよ」

車から降りるなり、私は怒鳴りました。

自分の子でも、他人の子でも関係ありません。

不安で胸が張り裂けるような気持ちで探し回った末に見つけたのですから、息子たちの顔を見たとたん、心配よりも憤りが先に出てしまったのです。

幸い、お酒などを飲んでいたわけではありませんでした。友達からすれば、念願の高校受験に成功した息子の一年間の苦労を慰労しようという気持ちで語り合っていただけのようでした。

私にどなられても、みんながキョトンとしていましたし……。

私の心配はみんな分かってくれたようで、その後は、そういった行動に出ることはありませんでした。

息子には、そんなこんなの展開がありました。

武者修行

高校三年になった息子が、こう言い出しました。

「俺、大学には行かないよ。公務員とかにならないから、大学なんて必要ないから……。それより、専門学校に入って、技術を身につけたいんだ」

私は心配しました。

「みんなが大学に行く時代だよ。あとで後悔しないの？」

「大丈夫だよ。絶対そんな泣き言は言わないさ。自分の腕で生きていきたいんだ。お母さんには迷惑はかけないよ」

そうやって、都内の専門学校に入学して一人暮らしを始めました。

息子が住んでいたのは、東京の亀戸でした。行ってみると、飲み屋やパチンコ屋が並ぶ繁華街のど真ん中だったのには驚きました。

「こんな繁華街で大丈夫なの？　遊んでばかりいるんじゃないでしょうね」

「心配ないさ。ちゃんと学校へ行っているし、それ以外はコンビニのアルバイトが忙しくってね。飲み歩いたりする時間なんてないさ」

その言葉に嘘はなかったようで、整備士の資格もきちんと取り、在学中にオートバイも買いました。その費用を私から借りはしましたが、毎月の返済額を決めてきちんと送ってくれるのです。

そんな生真面目さがありました。

二年の専門学校を終えると、オートバイの某会社に就職しました。「整備の腕を磨くための武者修行だ」と毎日が充実していたようでした。

息子は「丁寧な仕事で、得意客をどんどん増やしていった」とも自慢していました。いつまでも会社の歯車としての立場に甘んじているほどヤワな性格の持ち主ではありませんでしたし、「会社を回している母親を助けなければ」の気持ちは、ずっと持ち続けていたようです。

二年もしないうちに、富岡に帰ってきて、私の会社に入ることになりました。

戻ってきてくれたとはいえ、まだ半人前の若者です。ある機械メーカーの静岡工場に「研修生」の形で修行に出ることになりました。

その後、ある知人がこんなふうに言ってくれました。

「佐久市にある某会社を知っているが、そこの方が修行の成果がもっと上がると思う」

私は、さっそくそこに問い合わせると、返事は「ノー」なのです。

断わられたからって、簡単に引き下がる私ではありません。

次の日にまた相手の会社に電話して「どうしても、息子を御社で修行させたいです」とお願いしました。

渋る相手に、私は追い打ちをかけました。

「息子を研修生として受け入れてくださらないのは、弊社におたくさまの切削機械が入っていないからでしょうか」

「いいえ、そんなことでは……」

「でしたら、おたくさまの機械を息子が勉強して、こちらへ戻る際に購入させて頂きます。必要なら今から頭金を入れます。どうか上司の方とご相談ください」

そしたら、三十分後に「受け入れてくれる」という電話がかかってきました。

「頭金を如何ほど入金したら良いでしょうか？」

私は頭金を申し出ましたが、相手は「それには及ばない」ということで、息子を受け入れてくれました。「良かった」の気分であったことは言うまでもありません。

とにかく、私とすれば会社の将来を担ってくれる息子の技術を、可能な限り伸ばしてやりたいという思いが最優先でした。

親としてできる最高のことをしてあげたかったですね。

息子はその会社の方との面接で「どうして大手を辞めて、富岡に戻ったのですか？」と聞かれて「その会社より、母の会社の方が儲かるからです」と胸を張って言ったそうです。

その言葉は、母親であり社長である私への最高の贈り物だったと思いました。

そうやって、息子は佐久市での暮らしを始めました。平成十三年四月のことでした。


しばらくして、先方の企業の見学会があり、私は工場見学会に参加しました。

充実した施設を見学させてもらい、息子は職場の上司や同僚に「社長です」と私を紹介してくれました。

その後、息子が言っていました。

「みんな驚いていたよ。『実家が会社を経営しているって聞いていたが、女性社長とは知らなかった』ってさ」

「そう。『尊敬できる社長で、自慢の母親です』って言ってやったんだぁ」

そう胸を張る息子の姿の頼もしかったこと。

まさか、その後二ヶ月もしないうちに、悲劇が待っていたことなど、予想できるはずもありませんでした。

突然の別れ

その年の八月五日のことでした。

自宅に帰って来た息子と、一緒に夕食を食べ、寝るまで五時間近く久しぶりに話をしました。仕事の話など、いろいろです。

息子はこう言ってくれたのです！

「お母さんも頑張って偉いね。俺も恵まれて幸せだよ」

私は「ありがとう」と思わず言ってしまうほど嬉しかったです。

次の朝バイクで出かけました。

ところが、友達の所から帰る途中のことです。運転中に転倒する自損事故を起こして、亡くなってしまったのです。

病院にかけつけた私は、物言わぬ息子と対面しました。命を落とすほどの大事故なのに、全身には傷ひとつないです。偉大な生命力を持つ人間なのに、本当にちょっとした衝撃でその生命が失われてしまうものですね。

もしかしたら、息子は自分が「死ぬ」という意識もないままだったのかもしれません。

その証拠に、事故の一ヶ月後、息子の声が聞こえてきました。

「気がついたら、こっちにきていた。ごめんね」

たしかに息子の声でした。突然の別れに混乱している母親を気づかってくれる言葉だったのです。

子供を亡くした女性たちとよく語り合うことがあります。

みんなが心の傷をいたわり合うのです。

「ああしてあげれば良かった」「こうもしてあげたかった」

後悔の繰り返しですよね。互いに口にすることで、気持ちが少しでも明るくなるのです。

最愛の家族を亡くしたことによる心の傷は、たしかに簡単に癒えるものではありません。私だってそうです。息子を不慮の交通事故で亡くしたのですから。

「息子がどうしてこんな運命をたどらなきゃならないの」

「息子にどんな罪があるっていうのよ」

「会社の未来を背負って立つはずだった息子なのに。そんなかけがえのない存在を、神様はどうして奪っていってしまうのかしら」

考えれば考えるほど、ささくれ立った心は、落ちつくことがなかったのです。

しばらくして考えました。

「この先ずっと、運命を呪い、悲しい気持ちを持ち続けて生きたって、息子が帰ってくるわけじゃなし。ずっと悲しんでいたら、息子が悲しむ！」

人はつらい境遇に陥ったとき、どうしても「ネガティブ思考」になるものですよね。

そんな考え方では、ますます事態が悪くなります。

息子の死を悲しんで私が病気にでもなったら、仕事ができなくなったら、一番悲しんだり苦しんだりするのは天国の息子なのですから、いつまでも悲しみ続けているわけにはいかない。

そうやって、自分自身を奮い立たせてきたわけです。

十年祭と孔子の言葉

亡くなった息子の十年祭となった平成二十三年夏、私の好きな論語の中の教えを抜き出して一枚のシートを作りました。お参りにきてくださった息子のお友達へのお引き物のひとつにしました。

私が「論語八選」と題して抜粋したのは、次のようなものです。

子《し》曰《のたま》わく　故《ふる》きを温《たず》ねて新《あたら》しきを知《し》れば、以《も》って師《し》と為《な》るべし。

子《し》曰《のたま》わく　学《まな》びて思《おも》わざれば、則《すなわ》ち罔《くら》し。思《おも》いて学《まな》ばざれば、則《すなわ》ち殆《あやう》し。

子《し》曰《のたま》わく　人《ひと》の己《おのれ》を知《し》らざるを患《うれ》えず。人《ひと》を知《し》らざるを患《うれ》う。

子《し》曰《のたま》わく　過《あやま》ちて改《あらた》めざる、是《こ》れを過《あやま》ちと謂《い》う。

子《し》曰《のたま》わく　徳《とく》は孤《こ》ならず、必《かなら》ず隣《となり》有《あ》り。

子《し》曰《のたま》わく　学《まな》んで時《とき》に之《これ》を習《なら》う、亦説《またよろこ》ばしからずや。
朋《とも》有《あ》り、遠方《えんぽう》より来《きた》る、亦楽《またたの》しからずや。
人知《ひとし》らずして慍《うら》まず、亦君子《またくんし》ならずや。

子《し》曰《のたま》わく　利《り》に放《よ》りて行《おこな》えば、怨《うら》み多《おお》し。

子《し》曰《のたま》わく　吾《われ》　十有五《じゅうゆうご》にして学《がく》に志《こころざ》す。三十《さんじゅう》にして立《た》つ。

四十《しじゅう》にして惑《まど》わず。五十《ごじゅう》にして天命《てんめい》を知《し》る。

六十《ろくじゅう》にして耳順《みみした》がう。

七十《しちじゅう》にして心《こころ》の欲《ほっ》する所《ところ》に従《したが》って、矩《のり》を踰《こ》えず。

孔子様のありがたいお言葉も、この漢字とかなが混じった文だけでは、なかなか理解してはいただけません。

シートの裏面には現代語訳を載せました。

①古き良きことをわきまえ、新しいものの良さもわかる。そんな人は、師となる。

②外からいくら学んでも自分で考えなければ、物事は本当にはわからない。
自分でいくら考えても外から学ばなければ、独断的になって、誤る危険が在る。

③自分をわかってもらえないと嘆くより、人を理解していないことを気にかけなさい。

④過ちを犯しても、それをそのままにして改めないのが、それこそ、本当の過ちというものだ。

⑤徳のある人間は孤立しない。必ず仲間ができる（いろんな徳は、ばらばらに孤立してはいない）。必ず隣り合せで、一つを身につければ隣の徳もついてくる。

⑥学んだことを適当な時期におさらいするのは理解が深まりいいものだ。友達が遠方より訪ねてくるのは、いかにも楽しいことだ。人が理解してくれなくても気にしない。いかにも君子だね。

⑦自分の利益ばかり考えて行動していると、怨まれることが多い。

⑧私は十五歳で学問を志し、三十にして独り立ちした。四十になって迷わなくなり、五十にし

て天命を知った。六十になり人の言葉を素直に聞けるようになり、七十になって思ったことを自由にやっても道を外すことはなくなった。

論語集より抜粋
平成二十三年八月五日
故　息子　命（十年祭）
母　記

二十三年の八月五日が息子の命日です。不慮の交通事故で命を散らした息子への思いを変わらず抱き続けてくださったお友達。

シートには、おひとりおひとりのお名前を刻みました。

これからも、ずっとずっと友人としての息子の記憶を消さないでいてほしい。そんな母親としての願いをこめたのでした。

「息子が亡くなって十年を機に、母親の私として新たな出発です」

私はみなさんに挨拶しました。

気持ちの区切りはついていたつもりですが、どうしてもこれまでは息子のことを引きずっていたような気がします。

最近、息子のお友達が、小学生の頃の話をしてくれました。

二人で電車に乗って高崎に行ったとき、息子が大型電気店で値引き交渉をしたのだそうです。

応対した店員に「あなたでは話にならないから、店長を呼んでください」と言って、店長に「他の店はもっと安いから値引きして欲しい」と話して、値引きしてもらったそうです。

小学五年の子供が、店長に値引きをお願いしてお買い物をしたなんて考えられません。

そのお友達は、その時の情景を「すごかった」「忘れられない思い出です」と懐かしそうに私に話してくれました。


小学生の子供が大人と対等に話して値引き交渉してまけて頂くなんて。初めて聞いた私は言葉が出ませんでした。

「息子は、そのとき、そのときを、一生懸命生きた人だったんだ。もし生きていればすごいことになっただろう」

私は改めて、そんな思いに駆られました。

湖上の白鳥

三人の子供を大人に育てるためには、ずいぶん苦労をしました。

次女はアメリカへホームステイにも行かせましたし、長女の薬科大学、次女や長男の専門学校の学費や生活費など、年間に何百万円も費用が必要でしたが、つらくはなかったです。三人の子供がそれぞれ「自分の生きる道」を見定めて、学校で学んでいるのですから。その背中を押せなくて、なんのための親でしょう。

ばかにならない金額を、それこそ無我夢中でしたが、私は「表面上は」平然とこなしていました。

少なくとも、子供たちからは「平然」に見えたのでしょう。

湖で優雅に浮いているように見える白鳥がいますよね。

あれって水面下では必死に足で水をかいているのです。

あれと同じでしょうか。私自身、けっこう自分のおしゃれもしていましたから、「汗水たらして、なりふりかまわず」というふうには見えなかったのでしょう。

親のいいところ、悪いところをきちんと区分けして、正確に子供に伝えることは、大切なことだと思います。

息子が小さい頃、「僕はお父さんみたいになりたい」と言ったことがありました。

夫は頭もいいし、しゃべりも上手な人でした。息子からすれば父親のそんな一面を見ていて、そんなことを口にしたのだと思います。

これはいけない。

私は息子に言いました。

「お父さんは頭もいいし、お話も得意ね。でも、大人として仕事をしないっていうのは、良いことではないわ。働いてお金を稼がなくちゃ、みんなも学校に行けないものね」

その「働かなくては」が利いたのでしょうか、息子は小学生のうちから裏の畑や近くの林でカブトムシをとってきては「これなら、一匹幾らで売れる」「お金が貯まるね」なんて笑っていました。

幼な心に「商売」の心が芽生えたということでしょう。

販売したい商品を選び、いかなる仕入方法をとるか。それをいかに消費者に売るか。企業でいえば、販売戦略です。

これを小学生だった息子は、小学生なりに組み立てていたようです。「誰と誰なら、いくらで買ってくれるはずだ」なんて言っていましたから。ちょっぴりですが「頼もしさ」を感じましたよ、母親として。

息子が一日に何十匹もとってくるから、私はそれを活かそうと、会社の大切なお客様にプレゼントとして有効利用したこともありました。

「お孫さんにさしあげてください」

なんて言いながらお贈りして、とても喜んで頂きました。

お中元でお酒やお菓子、食品セットなどはありふれていますが、カブトムシの贈り物はそうそうありません。

私の仕事の役に立ったのですから、息子には相応の「報酬」を渡しました。

「頑張れば、報われる」ということを教えてあげることは、これから人生の荒波をくぐって進んで行く子供たちにとって、大切な人間教育にほかなりません。

資格というものの大切さも強調しました。

私自身、何の資格もないままに、なんとか走ってきた身です。

「自分に何か資格があれば……」と思うことが多々ありました。

子供たちには「資格って大事なのよ」ということだけは、ことあるごとに言い聞かせていました。

それを受け止めてくれたのでしょう。長女は薬科大学を出て、次女は看護師になり、長男はバイク整備の資格を持って頑張りました。

ただ……、子供たちからすれば「甘えられる母親ではなかった」という物足りなさがあったのかもしれません。

自分たちの母親は、子供に厳しく説くだけで、ていねいに向き合ってくれない、甘えさせてくれないと感じていたのかもしれないという気はします。

私は母親兼社長として必死でしたし、せわしない時間の中で生きていましたから、子供が学校から帰ってくると、その瞬間の顔色や様子を見て、一瞬のうちに「ああ、今日は元気そうだな」とか「何か悩みを抱えているような顔だなあ」といった細かな点を判断する必要に迫られていたのです。

その「一瞬のうちに」は、私にとって必要不可欠なことでしたが、それは大人の論理です。子供には通じない世界でしょうし、母親の腕の中で甘えたい年頃に、それができなかった「物足りなさ」「不満」といった気持ちを抱えていたことは分からないでもないですね。

大人になってからというもの、娘たちは「私は母親に甘えたことがない」なんて言うことがあります。

世間では誰だって「自分の親は百点満点」だなんて言いはしないでしょう。

それは日本人の美徳である「謙遜」で、肉親を褒めることには「照れ」がつきまとうものです。

そんな常識を割り引いて考えても、私の場合、必死さのあまり世間相場よりも「厳しい母親」になってしまったのでは……とは思います。

娘も理解していてくれたら嬉しいです。

それにしても、子育てや教育は難しいです。

「これが正解だ」

そんな、誰にとってもあてはまるような模範解答などないのですから。

あとがき

「全力で壁に当たれば、人生はなんとかなる」
「常にポジティブ思考で」
「自己肯定が人生を切り拓く」
「何事にも純粋に誠実に取り組む」
「きちんとお金をつかえば、お金の方から喜んで返ってくる」
「声なき声に耳を傾ける」
「物事を広く、深く見る視点」
「危機や限界を前に、逃げない」
「見栄を張らない」
「仕事とともに、社会貢献への視点を明確に」

どうでしょう。本書では難しいことなど何ひとつ書いていません。

「単純そうに見えること」こそ、実践し続けることは、実は難しいのです。

お読みになった方々に、本書で並べたエッセンスの何かひとつでも、ご自分にあてはめて考え、日々の仕事や暮らしに活かして頂ければ、これに勝る喜びはありません。

「あなたの仕事や子育て論について、書き記したほうがいいですよ。いろんな人たちの参考になるから」

多くの方々にそう励まされて書き始めてから、それなりの期間を要しました。

なかでも、表紙のデザインをはじめ、内容の細かな点まで、適切なアドバイスをしてくださったデザイナーの戸塚佳江さん、ジャーナリストで共愛学園前橋国際大学客員教授の木部克彦さんには大変お世話に成りました。この場を借りて厚くお礼申し上げます。

私はこれからも現役一筋です。皆さんに喜んで頂ける、感動して頂ける仕事、製品を製作していきます。そして、お手元にお届けする。それこそが、私を愛し導いて頂ける神様への「感謝とありがとう」に成るのですから。

令和五年　秋

竹内冨美子

著者略歴
竹内冨美子（たけうち・ふみこ）

昭和21年1月、群馬県下仁田町生まれ

群馬県立富岡東高校卒業

41年　コスモインダストリー創業　今日まで代表取締役社長
切削加工・電子機器・プラスチック成型から、様々なアイデア商品まで「感動商品」を世に送り続ける

平成12年　優れたものづくり企業に対して群馬県知事が顕彰する「ぐんまの1社1技術」企業に選定される

株式会社　コスモインダストリー
〒370－2334
群馬県富岡市上高瀬1394
TEL　0274-64-1249
FAX　0274-63-6993
https://www.cosmo-i.com

神様に愛されて生きる

2023 年 11 月 10 日　　初版第 1 刷発行

著　者　竹内冨美子
発行者　杉山　尚次
発行所　株式会社　言視舎
〒 102-0071
東京都千代田区富士見 2-2-2
TEL　03-3234-5997
FAX　03-3234-5957
https://www.s-pn.jp/

印刷・製本　中央精版印刷株式会社
カバーデザイン　戸塚佳江

©Fumiko Takeuchi 2023 Printed in Japan
ISBN978-4-86565-266-6　C0036